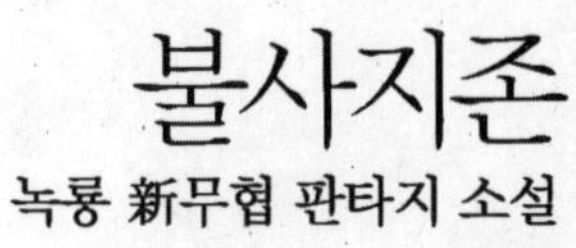

불사지존

녹룡 新무협 판타지 소설

FANTASTIC ORIENTAL HEROES

6

[완결]

불사지존 6

녹룡 新무협 판타지 소설

초판 1쇄 찍은 날 § 2014년 3월 12일
초판 1쇄 펴낸 날 § 2014년 3월 19일

지은이 § 녹룡
펴낸이 § 서경석

편집부장 § 권태완
편집책임 § 박은정

펴낸곳 § 도서출판 청어람
등록번호 § 제387-1999-000006호
등록일자 § 1999. 5. 31
어람번호 § 제2-2477호

주소 § 경기도 부천시 원미구 심곡2동 163-2 서경B/D 3F (우) 420-822
전화 § 032-656-4452팩스 § 032-656-4453
http://www.chungeoram.com
E-mail § chungeorambook@daum.net

ISBN 979-11-5681-925-7 04810
ISBN 978-89-251-3568-7 (세트)

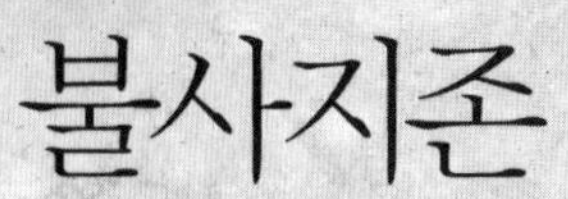

불사지존

녹룡 新무협 판타지 소설

FANTASTIC ORIENTAL HEROES

6

[완결]

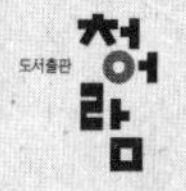

불사지존 不死至尊

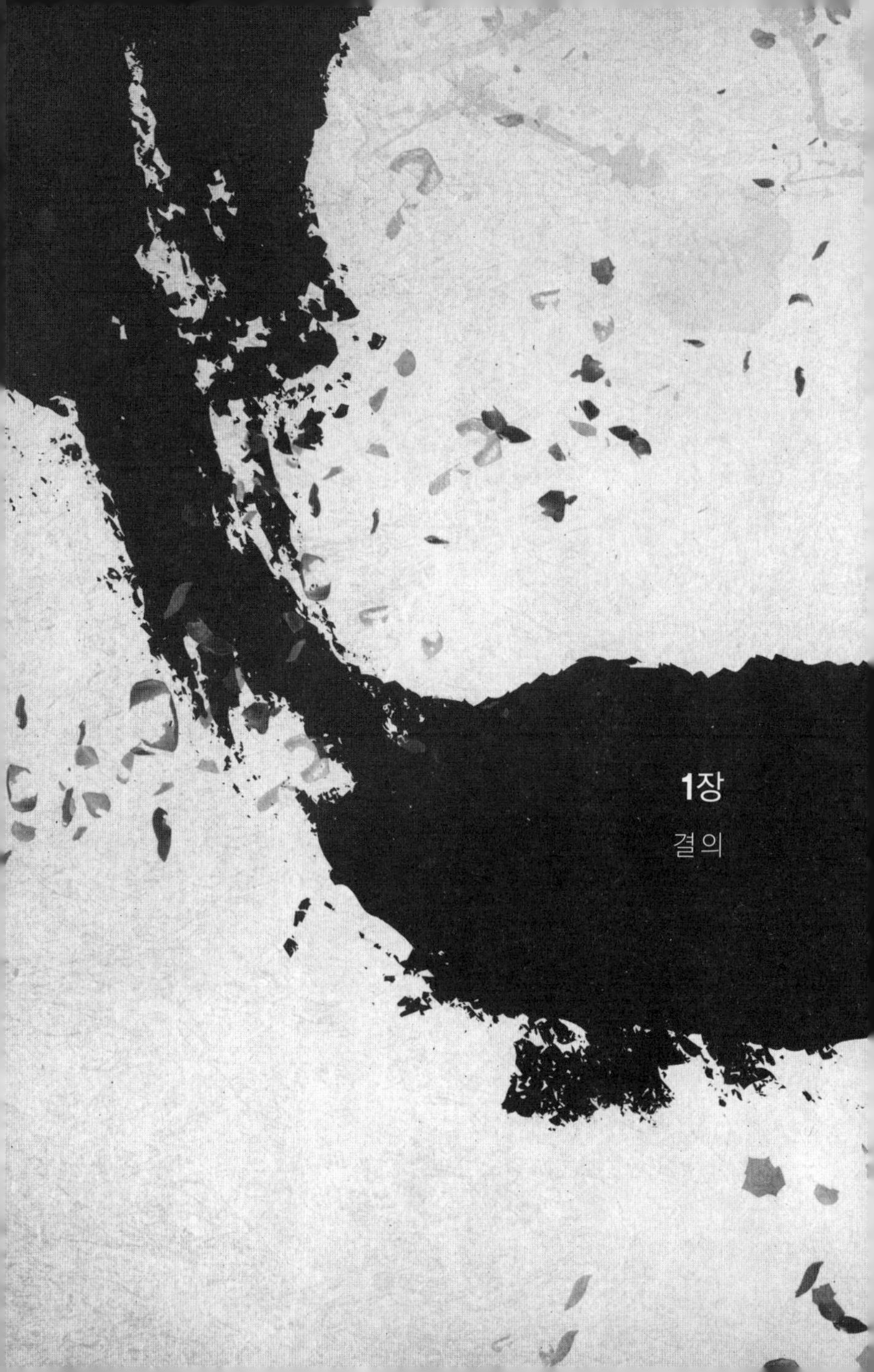

1장

결의

"클클, 오랜만이구나."

취걸아가 누런 이를 드러내며 웃었다.

그는 바닥에 거적을 깔고 청월을 앉혔다. 할 말이 너무 많아서 무슨 말을 해야 좋을지 몰랐다.

어색한 침묵이 짙어지는 가운데 시간은 강물처럼 무심히 흘러갔다.

"몸은 건강한 것 같구나."

"네."

"그거면 됐다. 무공이니 뭐니 다 필요 없어. 사람은 건강하면 장땡이야."

취걸아가 멋쩍은 듯 한마디 했다. 그리고 품에서 누룽지를 꺼내 씹었다.

바삭하는 소리가 유난히도 경쾌했다.

청월은 한동안 취걸아를 곁눈질했다.

그가 없는 동안 맘고생이 심했던 걸까. 이마에 패인 주름이 오늘따라 더욱 깊어 보였다.

"저는 어떻게 찾으셨습니까?"

청월이 간신히 한마디 꺼냈다.

"보고 싶은 사람은 어떻게든 보게 되게 마련이지. 방법이 중요한 게 아니라 마음이 중요한 것이야."

"……."

"예전에는 듬직했는데 어찌 이렇게 변하고 만 것이냐?"

취걸아가 혀를 차며 말을 이었다. 청월이 자신의 눈치를 살피고 있음을 눈치챈 것이다.

"그래도 걱정 말아라. 손을 벌리려고 온 것이 아니니까. 단지 그간의 이야기를 하고 싶은 것뿐이다."

"…알겠습니다."

"그럼 우선 한잔할까?"

취걸아가 술병을 꺼냈다.

두 사람은 독한 고량주를 주거니 받거니 했다.

술이 목구멍을 태우고 속을 데웠지만 개의치 않았다.

굳이 술 때문이 아니더라도 그들의 내부는 이미 엉망진창이었으니까.

잠시 침묵이 이어지는데 청월이 운을 뗐다.

"방주님, 천하맹은……."

"예끼, 이놈아. 아까 말하지 않았느냐? 그런 이야기를 하러 찾아온 것이 아니라고. 게다가 말을 하려면 똑바로 해야지."

취걸아는 쓴웃음을 지으며 말을 이었다.

"그리고 이제 나는 방주가 아니라 천하맹주다."

"네?"

청월은 깜짝 놀라 답을 하지 못했다.

그가 없는 사이 취걸아가 맹주가 됐을 줄은 몰랐다.

그사이 취걸아가 술병을 빼앗아 꿀꺽꿀꺽 들이켰다. 거지 노인의 표정에는 전에 본 적 없는 근심이 서렸다.

"참 내. 거지한테 중원을 맡기다니. 웃기는 이야기 아니냐? 확실히 말세는 말세인 모양이다."

"아니요. 다른 분이 맹주가 되는 건 상상도 되지 않아요."

청월이 담담하게 답했다.

백담천이 죽었으니 누군가는 그의 자리를 이어 받아야 했다.

연식이나 무위를 살펴도 취걸아 외에는 임자가 없었다.

"그리 말해주니 고맙기는 하구나. 근데 진심이냐?"

"물론입니다."

"클클, 역시 너밖에 없다."

취걸아는 피식 웃으며 청월의 어깨를 두들겼다. 그의 시선은 곧 청월에서 달로 옮겨졌다. 달빛에 빛나는 얼굴에서 묘한 쓸쓸함이 느껴졌다.

"이 번잡스러운 자리를 그놈은 어떻게 맡았는지 모르겠다."

"……."

"백담천에 공백이 너무 크다. 그리고 너도."

취걸아의 푸념이 바람처럼 흘러들었다.

맹주가 된 이후로, 천하맹에 상황이 기울어가게 된 후로 근심은 끊길 줄 몰랐다.

악재는 겹친다고 했는데 과연 얼굴 찌푸릴 일들이 연속으로 벌어졌다. 오죽하면 심려로 인해 매일 머리카락이 한 줌씩 빠질 정도겠는가.

하지만 취걸아는 거기까지 내색을 하지는 않았다.

"나야 뭐 그렇다 치고 너는 좀 어떠냐?"

"저… 말씀이십니까?"

"그래, 맹과 동료들을 내팽개치고 나왔으니 틀림없이 즐겁게 살고 있겠지. 아닌가?"

취걸아가 청월을 빤히 쳐다보았다.

왠지는 몰랐지만 청월은 그 시선을 온전히 받아낼 수 없었다.

고개는 자꾸 바닥을 향했으며 얼굴도 붉어졌다. 청월은 계속 자신이 작아지는 느낌을 지울 수 없었다.

"……."

"아까부터 왜 이렇게 맥아리가 없어?"

취걸아는 껄껄 웃으며 청월에 등짝을 후려쳤다.

"난 너를 탓하지 않는다. 사람에게는 각자의 삶이 있는 거지. 누군가를 위해서 살아가는 게 아니란 말이다. 내가 행복하지 않으면 내 주변 사람도 행복하지 않은 법이지."

"……."

"즉, 동료들이 고생한다 해서 죄책감을 가질 필요 없다. 그들은 그네들의 길을 가는 것이고, 너는 네 길을 가는 거니까."

취걸아는 그렇게 말하고 술을 벌컥벌컥 들이켰다.

"지금의 너는 행복하냐?"

취걸아의 말이 온몸을 흔들었다.

청월은 그 질문에 목구멍이 콱 막히는 느낌이 들었다.

무언가 말을 하려했지만 혀가 빳빳하게 굳어 움직이질 않았다.

그는 오랜 침묵 끝에 간신히 한마디를 뱉었다.

"잘… 모르겠습니다."

"그럼 안 된다. 네가 너를 모르면 누가 너를 안다 말이냐?"

취걸아는 누룽지를 씹으며 말을 이었다.

"마음을 잘 살펴서 네가 바라는 곳에 있어야 한다. 인생이란 사실 어디에 자리를 잡느냐 하는 것이지."

"…네, 명심하겠습니다."

"명심은 개뿔. 거렁뱅이가 무슨 좋은 말을 한다고."

취걸아가 다시 웃으며 몸을 일으켰다.

술은 다 비웠고 하고 싶은 말도 다했다. 이제는 떠날 시간이었다.

무인으로서 청월과 인연을 맺는 것도 어쩌면 오늘뿐일지 몰랐다.

하나 아쉬워도 어쩔 수 없는 일이다.

천도와 인연이 맞지 않으면 헤어지는 것이 인간사 아닌가.

"그러고 보니 전하지 못한 게 있구나. 좋은 소식일 수도 있고, 나쁜 소식일 수도 있는데. 듣겠느냐?"

"…네."

"예린이 말이다."

"백 소저 말입니까?"

청월이 놀라 되물었다.

백예린은 행방불명이었지만 사실 모두가 죽었다고 생각

했다.

강시와 마령교도가 판치는 일운산에서 살아남기란 불가능했기 때문이다.

"그래, 예린이는 어쩌면 죽은 게 아닐 수도 있다."

취걸아가 염소수염을 쓰다듬으며 말했다.

"예린이가 청연화, 그년과 함께 자리를 이탈했다는 이야기가 있다. 만약 그게 사실이라면 납치를 당한 걸 수도 있지."

"납치……."

"정확한 건 아니니까. 그리 알고만 있거라."

취걸아는 그렇게 말하고 청월의 어깨를 두들겼다. 이제는 정말 떠날 때가 됐다. 지금 이 순간도 천하맹에는 위협이 다가올지 몰랐다.

사실 청월을 찾아 나설 때 반대한 인원도 무척 많았다.

"잘 먹고 잘 살아라."

취걸아가 터덜터덜 걷기 시작했다.

그 모습을 보고 있자니 가슴 한편이 뭉클했다.

처음이었다.

방주의 뒷모습이 이렇게 초라하게 보인 것은. 그는 여느 노인처럼 등이 굽었으며 어깨도 좁았다.

그 모습만 보면 누구도 그가 천하맹주임을 알지 못할 것이다.

“두 발 닿는 곳은 모두 내 땅이야. 넓은 하늘을 이불로 덮고 산열매를 따먹으면 신선이 따로 없지. 거지의 인생은…….”

취걸아에 구수한 타령이 울려 퍼졌다.

밤이 깊어가는 가운데 청월은 돌처럼 산을 지키고 있었다.

* * *

취걸아가 다녀간 지 십 일이 지났다.

예상과 달리 그는 청월을 잡지 않았다.

그저 잘 살라며 격려를 했을 따름이다. 방주가, 아니, 천하맹주가 자유를 묵인했으니 더 이상 거리낄 것이 없는 청월이다.

그가 그토록 바랐던 평범한 삶.

오로지 그것을 지키는 일만 남은 셈이다.

하나 시간이 흐르면 흐를수록 가슴이 무거워졌다. 악몽은 매일같이 그를 흔들었으며 늘어나는 건 한숨뿐이었다.

“도대체 왜? 어째서?”

청월은 늘 그런 말을 되뇌었다.

맹을 떠나면 행복해질 수 있을 거라고 생각했는데. 어째서 마음은 이토록 복잡하고 무거워지기만 하는가.

그뿐만이 아니었다. 백예린이 살아 있을 수 있다는 말 또한 그를 괴롭혔다.

만약 그녀가 살아 있다면 이곳에서 눌러앉을 수는 없는 노릇이다.

"아니야. 난 지금 이대로가 좋아."

청월은 휘휘 고개를 저었다.

지금처럼, 그저 아무 일 없는 것처럼 하루를 보내면 된다.

청월은 그리 마음을 굳혔다. 나무를 베던 그는 점심이 되어 집으로 내려왔다.

"저 왔어요."

웃으며 안에 들어섰지만 방 안이 싸늘했다.

평소라면 진령이 반겨주었을 테고 식탁에는 따뜻한 점심이 준비되어야 했다.

식탐이 강한 진운은 몰래 반찬을 집어먹다가 혼났을 것이고 말이다.

그런데 오늘만은 평소와 달랐다.

집이 뿜어내는 싸늘함에 청월은 두려움을 느꼈다.

"별일 아니겠지."

그는 스스로를 다독였다. 모든 일이 항상 틀에 박힌 것처럼 움직일 수는 없었다. 두 사람이 잠깐 외출을 했을 수도 있다.

시간은 흐르고 흘렀고 무려 반 시진이 지났다.

“더 이상은 안 되겠다.”

청월은 무릎을 치고 일어났다.

애써 억눌렀던 불안감을 이제는 견딜 수 없었다. 그의 발걸음은 어느새 마을 광장으로 향했다.

휘이이이이잉.

싸늘한 바람이 거리를 누볐다.

마을은 평소와 달리 생기가 없었다. 가게들은 하나같이 텅텅 비었으며 행인들의 그림자조차 볼 수 없었다. 아무래도 정상적인 상태가 아니었다.

“이… 이건.”

광장에 도착한 청월.

그의 얼굴이 삽시간에 굳었다.

광장에서 벌어지는 일은 그야말로 충격적이었다. 마령교가 결국에 마을에까지 손을 뻗은 것이다.

흑의를 입은 채 검을 빼 든 마령교도들.

그들은 마을 사람들을 일렬로 세운 뒤에 나름에 분류를 하고 있었다.

“너는 이쪽이다.”

“너는 저쪽으로 가라.”

그들은 차가움이 뚝뚝 묻어나는 음성으로 명령했다.

마을 사람들은 겁먹은 생쥐같이 전혀 반항을 하지 못했다.

공터 중간쯤에 뿌려진 피와 굴러다니는 목이 그 이유를 간접적으로 말해주었다.

반각이 지나자 사람들이 어느 정도 나뉘었다.

"설마 이건……."

"이럴 수는 없어."

주민 몇몇이 탄식을 뱉었다.

사람이 제법 모이니 마령교의 분류법이 눈에 들어온 것이다.

모두가 술렁거리는 가운데 한 중년인이 앞으로 나섰다.

혈랑대에 대장인 악운상이었다.

악운상은 냉소를 지으며 가장 오른쪽에 있는 무리를 가리켰다. 그곳에는 젊은 남성들이 몰려 있었다.

"너희는 지금부터 마령교에 무사로 거듭난다. 교주님을 위해 목숨을 받쳐야 할 것이야. 그리고 너희는."

악운상이 가운데 있는 무리를 가리켰다.

그곳에는 젊고 어린 여성들이 몰려 있었다. 그들은 서로에게 기댄 채로 몸을 떨었다.

"너희는 마을을 떠나 천강 지방으로 간다. 무사들에게 봉사할 수 있게 된 걸 영광으로 생각해."

악운상은 그렇게 말하고 터벅터벅 걸었다. 그가 멈춘 곳은 다름 아닌 진령에 앞이었다.

그는 탐욕스러운 눈빛으로 진령을 훑었다.

"너는 내 수발을 든다."

"……."

놀란 진령은 아무 말도 하지 못했다.

그저 악운상의 박력에 눌리는 것밖에 할 수 없었다.

하나 말이 수발이지 어떤 대접을 받을지는 안 봐도 뻔했다.

갑자기 눈앞이 깜깜했다.

"이젠 다 끝났군."

"어쩔 수 없잖아. 칼 앞에는 장사가 없었으니까."

마을 사람들이 작게 탄식을 토했다.

마령교도들로 인해 운명이 정해졌다.

이제 그들은 자신의 삶을 잃고 마령교를 위해 봉사를 해야 했다.

마을에서 이들을 막을 자가 누가 있단 말인가. 그런데 바로 그때였다.

카랑카랑한 목소리가 공터를 울렸다.

"그 더러운 손 놔라."

일운이 검을 빼 들고 나섰다.

그는 이글이글 불타는 눈으로 악운상을 노려보았다.

그러자 모든 사람의 시선이 악운상에게 고정되었다.

"바보. 어서 돌아가."

진령이 다급하게 손짓을 했다.

마령교에게 대들었다가는 죽음뿐이었다. 동생이 눈앞에서 갈라지는 것을 보고 싶지는 않았다.

"넌 또 뭐냐?"

"뭐긴 뭐야? 네가 붙잡은 여자의 동생이다."

일운은 그렇게 말하고 검끝을 악운상에게 겨누었다.

아닌 척했지만 손이 미세하게 떨리고 있었다. 이를 확인한 악운상은 그저 웃고 말았다.

"누나를 당장 놔줘. 안 그러면 따끔한 맛을 보게 될 거다."

"당돌한 녀석. 마음 변하기 전에 꺼져라."

"웃기지마. 그럴 거면 나서지도 않았어."

일운이 기합을 지르며 달려갔다.

후우우우우웅.

그의 검이 일자로 악운상의 미간을 베어갔다.

그 순간 모두가 놀랐다. 일운의 검격이 당장에라도 악운상을 베어버릴 것 같았던 것이다.

"잘한다."

"힘내. 넌 할 수 있어."

주민 몇몇이 환호성을 질렀다. 하지만 그것은 단지 착각일 뿐이었다.

악운상은 아주 아슬아슬한 간격을 두고 검을 피했다. 그가 섰던 자리에는 오직 뿌연 잔형만이 남았다.

"어… 어라?"

"여기다."

음침한 목소리와 함께 커다란 그림자가 일운을 덮었다.

퍼어어어억.

악운상의 권이 복부를 후려쳤다. 일운은 바람에 휘날리는 종잇장처럼 형편없이 쓰러졌다.

극심한 통증을 참지 못해 그는 결국 진득한 토사물을 뱉어냈다.

"네 얼굴 꽤나 볼 만했다."

"……."

"혹시나 이길 수도 있지 않을까 기대했던 표정 말이야. 크크큭."

악운상은 그렇게 말하고 환호했던 주민을 따로 끌어냈다.

반항심을 가지고 있던 놈들은 당연히 따로 처분하는 게 마땅했다.

마령교는 결코 아랫것들이 덤비는 것을 반기지 않았다.

"희망이 절망으로 바뀌는 순간은 언제나 매력적이지. 안 그래?"

"저, 저희가 죽을죄를 졌습니다. 용서해 주십시오."

"부디 자비를……."

"걱정 마라. 죽이지는 않는다."

악운상은 그들을 신강지방으로 배치시켰다.

평생 탄광 일을 하도록 만든 것이다. 그들이 울고불고 매달렸지만 결정은 바뀌지 않았다.

"개새끼! 너는 천벌을 받을 거야."

"봐주는 건 이제 끝이야, 꼬맹아."

악운상의 미간이 꿈틀거렸다.

그는 당장에라도 검을 뽑아 진운을 베어내려 했다.

한편 진운은 못 이기는 척 물러난 후 다시금 소리를 쳤다. 그의 얼굴에는 아직 희망의 빛이 감돌았다.

"여러분! 다 같이 싸워요."

일운의 외침에 사람들은 경악을 하고 말았다.

방금 전 그 꼴을 당하고도 싸울 생각을 하다니. 그들은 걱정스런 표정으로 일운을 응시했다.

"마령교 놈들이 도착했을 때 천하맹에 기별을 넣었어요. 그들이 올 때까지만 버티면 돼요. 끌려 갈 필요가 없다구요."

"……."

아무도 대답을 하지 않았다.

소년의 외침은 공허했으며 누구의 가슴에도 닿지 않았다.

천하맹이 온다고 해도 그때까지 어떻게 시간을 번단 말인가.

이 자리에서 죽고 싶은 사람은 아무도 없었다.

"해보지 않으면 모르는 거 아닌가요? 무공을 익힌 분도 제법 계시잖아요."

"그래 봤자 마령교 분들을 이길 수는 없어."

과일상점을 운영하는 담적이 나섰다. 그는 어느새 마령교도들에게 존대를 쓰고 있었다.

"제발 도와주세요! 나는 누나를 저놈에게 보낼 수 없단 말이에요!"

일운에 간청에도 모두가 묵묵부답이었다.

나서겠다는 시늉을 하는 이조차 전무한 실정이었다. 그사이 악운상이 천천히 거리를 좁혔다.

그의 얼굴은 종잇장처럼 구겨져 있었다.

휘이이이이익.

파공성과 함께 주먹이 날아들었다.

진운이 무언가를 느꼈을 때는 이미 몸이 허공에 붕 떠 있었다.

"일운아!"

"나서면 너도 죽는다."

악운상은 진령을 쓰러뜨린 뒤 진운을 향했다.

본래 그는 사람 죽이는 것을 좋아하지 않는다.

그가 생각하기에 죽음이란 너무나 간단한 형벌이었다. 상대가 죽으면 절망과 공포를 맛볼 수 없기 때문이다.

"하지만 네놈만큼은 명줄을 끊어주마."

"으으으윽. 도와주세요."

일운이 신음을 뱉으며 몸을 일으키려 했다.

입에서는 한줄기 피가 흘렀으며 머리에도 흙먼지가 가득 묻었다.

그는 흐려지는 의식을 견디며 간절히 울부짖었다.

"제… 발 도와주세요… 누나, 누나를… 지키고 싶어요."

"그럼 저승에서 지켜봐라."

다시 한 번 뻗어지는 주먹.

일운은 꼼짝없이 죽었다고 생각했다.

눈을 꼭 감고 다가올 아픔을 기다렸지만 의외로 몸이 멀쩡했다.

'벌써 명부에 도착했나?'

의아함을 느끼며 눈을 떴다. 그러자 익숙한 뒷모습이 그를 반겼다.

"형아!"

청월이 두 팔을 십자로 교차한 채 권을 막아냈다.

검이 없어서 고육지책을 사용한 것이다.

호신강기를 펼쳤음에도 팔이 시큰한 것을 보니 적도 만만치 않은 듯했다.

스으으으윽.

위기감을 느낀 악운상이 거리를 벌렸다.

잠시 이성을 잃었다고는 하지만 상대에 접근을 알아차리지 못했다. 조금 더 실력을 알아볼 필요가 있었다.

"…미안하다. 너무 늦어서."

청월은 그렇게 말하고 진운의 머리를 쓸어주었다.

그는 숨어서 모든 상황을 지켜보고 있었다.

"이제부터는 내게 맡겨."

청월의 얼굴에 미소가 피어올랐다.

마을에 은둔한 뒤 처음 보이는 미소였다.

"소중한 사람을 지키지 못하면 그걸 떼야 된다며? 그렇게는 안 되지."

청월은 그렇게 말하고 땅에 있던 검을 주웠다. 일운이 쓰다가 떨어뜨린 검이었다.

낡은 검.

날도 제대로 갈리지 않았고 곳곳에 이가 빠졌다.

솔직히 검이라기보다 쇠몽둥이에 가까웠다. 하지만 그것이 오히려 청월의 마음을 사로잡았다.

"고맙다."

"응? 뭐가요?"

진운이 고개를 갸웃했다.

"그냥 전부 다."

청월의 따스한 표정이 진운을 향했다. 아니, 어쩌면 그것은 어릴 적에 자신을 향한 것일지도 몰랐다.

진운을 통해 청월은 보았다.

소중한 사람을 지키기 위해 검을 들었던 과거를. 최고의 무사가 되겠다면 쌍검으로 밤을 지내던 날들을.

진운은 그때에 빛나던 자신의 모습을 상기시켜 주었다.

그때는 해보지 않으면 모른다며 모든 일에 열정적이지 않았던가.

'지금의 나는 아무것도 아니야. 그저 비겁한 도망자였을 뿐이지.'

청월은 입술을 꼭 깨물었다.

백담천을 잃고 백예린이 행방불명이라고 하지만 아직 지켜야 할 것이 많았다.

방주가 된 취걸아도, 천하맹의 동료들도, 그리고 중원에 평화까지도.

그의 손길을 필요로 하는 곳은 많았다.

더 이상 그 모든 것을 모른 척할 수는 없었다.

터벅터벅.

청월이 담담하게 마령교도들을 향했다.

그가 보여준 신위와 자신감이 넘치는 발걸음. 마령교도들은 어느새 포위진으로 청월을 감쌌다.

"형, 혼자서는 안 돼."

"글쎄다. 해보지 않으면 모르는 거 아닐까?"

청월은 피식 웃으며 걷기 시작했다. 그의 발걸음에 끝에는 악운상이 서 있었다.

"아까는 운이 좋았을 뿐이다. 쳐라!"

악운상의 외침과 함께 마령교도들이 일제히 달려들었다. 그들은 시꺼먼 공력을 뿜으며 검을 휘둘렀다.

쎄에에에에엑.

여섯 자루의 검이 급소를 노려왔다. 그것들은 당장에라도 청월의 몸을 도륙할 듯했다.

"저런 바보 같은 짓을……."

"살아야 나중을 볼 수 있는 것 아닌가?"

마을 사람들이 한탄하며 고개를 돌렸다.

하지만 놀랍게도 마령교도의 검은 단 일격도 청월에게 닿지 못했다.

그들이 베어냈던 건 흐릿한 환영뿐이었다. 교도들의 얼굴이 한순간 흙빛이 되었다.

"너희는 내 상대가 못 돼."

차가운 음성과 함께 허공에 커다란 원형 궤적이 생겼다.

비기 중 하나인 월풍검법을 펼친 것이다. 그 일격으로 마령교도의 반 이상이 쓰러졌다.

하지만 그걸로 끝이 아니었다.

청월은 한줄기 바람이 되어 포위진을 누볐다.

청량한 바람이 불 때면 날카로운 빛과 더불어 교도들이 픽픽 쓰러졌다.

'생각보다 나쁘지 않은걸?'

청월에 은은한 미소가 감돌았다.

백오십 일이 넘게 검을 들지 않았건만 솜씨는 녹슬지 않았다.

오히려 검격 하나하나가 손에 달라붙는 느낌이 들었다.

그는 수하들을 모두 정리한 뒤 악운상과 마주섰다.

악운상의 표정은 처음과 달리 창백하기 그지없었다. 어째서 산골에 이런 고수가 숨어 있었단 말인가.

"미친놈, 마령교에 대항할 셈이냐?"

"뭐, 그렇게 됐네."

청월이 어깨를 으쓱했다.

"마령교에 반항하는 자는 무조건 죽는다."

"겁줘도 소용없어. 난 이제 무서운 게 없는 몸이니까."

"…그럼 이제 죽어라!"

날카로운 외침과 함께 악운상이 달려들었다.

그는 공력을 끌어올려 절기를 펼쳤다.

청월의 솜씨가 만만치 않다고 여긴 것이다. 하지만 청월을 감당하기엔 모자란 일격이었다.

"쾌풍섬."

청월의 검이 빛을 뿌렸다.

악운상보다 늦게 검을 뽑았건만 그 속도는 악운상을 능가했다.

"크으으으윽."

악운상이 신음을 흘리며 바닥에 쓰러졌다.

이런 하찮은 마을에서 무사들을 잃고 개쪽을 당하다니.

이대로 돌아갔다간 목숨이 열 개가 되도 모자라리라.

청월은 검을 거두고 담담하게 한마디 했다.

"돌아가서 교주에게 전해. 목숨을 가지러 가겠다고."

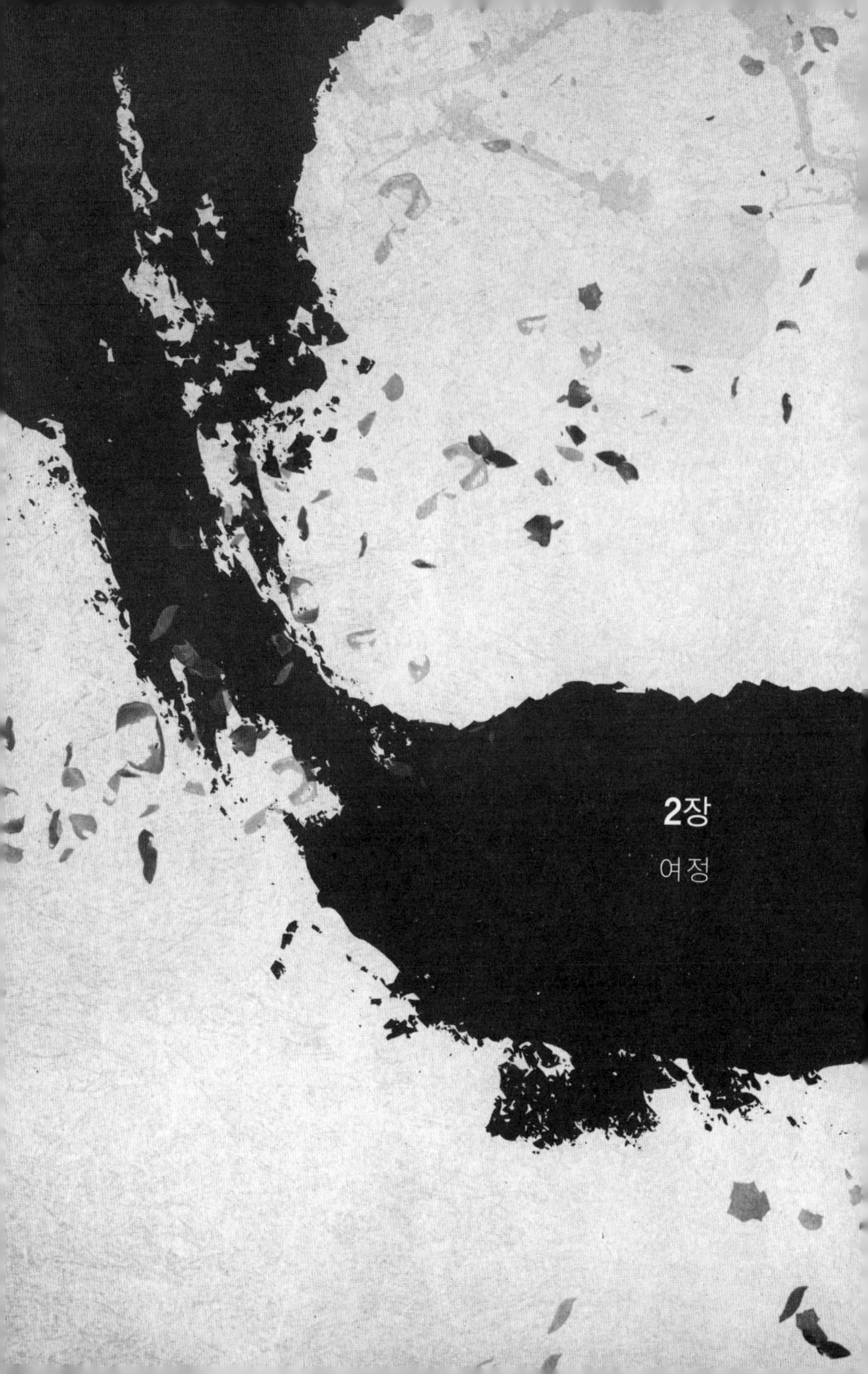

2장

여정

봄 햇살이 따스한 날이었다.

하늘은 맑고 푸르렀으며 바람도 포근하기 그지없었다.

청월은 봇짐을 메고 마을 입구에 서 있었다.

주변에는 진운과 진령을 비롯해 마을 사람들이 우르르 몰렸다.

"다들 나와 주실 필요는 없는데."

그는 멋쩍은 마음에 머리를 긁적였다.

오늘은 바로 마을을 떠나는 날이었다.

자신에 역할을 깨달은 지금 더 이상 숨어 지낼 수는 없는 노릇이다.
힘들고 괴롭더라도 다시금 검을 쥐어야 한다.
처음부터 소중한 사람을 지키기 위해 지속해 왔던 싸움이 아니었던가.
그는 아직 지켜야 할 것을 많았다.
"형, 진짜 가는 거야? 그냥 우리랑 있으면 안 돼?"
진운이 콧잔등을 훔치며 말했다.
눈가가 시뻘건 것을 보니 금방이라도 눈물을 터뜨릴 것도 같았다.
"그래, 이젠 나를 필요로 하는 곳에 가야지."
청월이 그의 머리를 쓸어주며 답했다.
"누나도 형 좋아한단 말이야. 그러니까 계속 같이 살자."
"어머, 그런 말하면 못 써."
잠자코 있던 진령이 볼을 붉혔다.
"진운이는 여기서 누나를 지켜야지. 검술 연습 꾸준히 하고 나중에 형이랑 한 번 붙어보자."
"꼭 다시 올 거지? 거짓말이면 가만 안 둘 거야."
"그래, 약속."
두 사람은 검지를 굳게 걸었다.
청월은 마지막 인사를 한 뒤 바로 마을을 벗어났다.
기분이 묘했다.

진운과 진령을 보지 못하는 것은 서운했지만 반대로 개운한 느낌도 있었다.

답답했던 가슴에 구멍이 뻥 뚫린 느낌이랄까.

이런저런 생각을 하며 걷는 사이 마을이 손바닥만 해졌다.

그는 마을을 향해 손을 흔든 뒤 신법을 밟았다.

새로운 여정이 시작되고 있었다.

* * *

휘이이이익.

청월의 신형이 바람처럼 쏘아졌다.

그는 쾌풍신법을 밟으며 대로를 가로질렀다.

그가 지나갈 때마다 나뭇가지와 수풀이 우르르 누웠으며 놀란 산새들이 푸드득 하늘로 치솟았다.

두 시진 가까이 질주한 청월.

그의 걸음이 처음으로 멈췄다.

앞에 갈림길이 놓였던 탓이다.

왼쪽 길로 간다면 천하맹에 닿을 수 있었고, 오른쪽 길로 간다면 태룡산에 닿을 수 있었다.

고민하던 청월은 오른쪽 길로 접어들었다.

'빨리 확인해 보고 가면 돼.'

그는 작게 고개를 끄덕였다.

아무래도 민담집에 있던 글귀가 마음에 걸렸다.

사령안으로만 볼 수 있었던 숨겨진 글귀.

글을 남긴 이도 사령안에 소유자임이 분명했다.

즉, 그를 포함한다면 사령안에 소유자는 무려 셋이 되는 셈이다.

청월과 진무홍, 그리고 정체불명의 사람, 이렇게 셋말이다.

그는 과연 어떤 사람일까.

사령안은 어떤 방식으로 사용했으며 지금 무엇을 하고 있는 걸까.

잊고 있던 호기심이 눈덩이처럼 불어났다.

"태룡산 만리봉 정상에서 백 보 이동할 것."

청월은 민담집 마지막 장을 되뇌며 산을 올랐다.

한 시진쯤 지났을까.

기어이 약속된 장소에 도달했다.

만리봉 정상은 생각보다 넓었는데 북쪽으로는 암벽이, 서쪽으로는 커다란 소나무가 서 있었다.

"이거 장난이 아닌데?"

청월이 남쪽 벼랑에 섰다.

벼랑은 직각으로 깎였으며 끝이 보이지 않을 정도로 깊었다.

아무리 그라 해도 떨어졌다가는 뼈도 못 추릴 것이다.

"…큰일 났군."

청월은 저도 모르게 한숨을 내쉬었다. 그리고 씁쓸한 표정으로 정상을 재차 훑었다.

민담집에서 말했던 장소를 찾을 수 없었다.

정상 초입부터 걸음을 셌지만 백 보는 되지 않았다.

고작 팔십 보를 걸었을 때 벼랑을 만났을 뿐이다.

책을 따른다면 그는 꼼짝없이 절벽에 몸을 던져야 했다.

헛소리에 당한 걸까.

아니면 실제로 있는 길을 발견하지 못하는 걸까.

그것도 아니면 실제로 있는 길이 사라진 것일까.

갖가지 경우의 수가 머리를 스쳐 갔다.

고민하던 청월이 챙겨왔던 거울을 응시했다. 순간 묘한 표정이 얼굴에 스쳤다.

"가볼까나."

말이 끝나기 무섭게 청월에 모습이 사라졌다. 결국 벼랑으로 몸을 던진 것이다.

추락하는 기분은 오묘하게 짝이 없었는데 무언가가 그에 몸을 힘껏 잡아당기는 것 같았다.

또한 쉴 새 없이 몰아닥치는 기류에 머리가 새하얗게 비었다.

한참 추락하던 청월.

그의 몸이 별안간 출렁하고 공중에 솟았다.

벼랑 중간쯤 그물망이 존재했던 탓이다. 몸이 몇 번 튕기고 난후 간신히 중심을 잡았다.

"휴우. 간 떨어지게 하네."

청월은 씨익 웃으며 식은땀을 훔쳤다.

절벽에 떨어진 노림수가 다행히 들어맞았다.

거울을 본 결과 죽음이 드리우지 않았는데 그 말인즉 절벽에 떨어져도 안전장치가 있다는 뜻이 됐다.

과연 사령안의 소유자다운 관문이라 볼 수 있었다.

청월은 마음을 가다듬고 그물망을 벗어났다.

이제 그의 앞에는 아가리를 쩍 벌린 캄캄한 동굴이 놓였다.

문득 불어오는 서늘한 바람에 오한을 느꼈다.

"이제부터 시작이지."

볼을 두드리고 굴로 진입했다.

굴이 넓었기에 이동이 어렵지는 않았다. 장해물이 있다면 오로지 칠흑 같은 어둠뿐이었다.

한참을 걷다 보니 먼 곳에서 희미한 불빛이 쏟아졌다.

"……."

청월의 움직임이 딱딱하게 굳었다.

누군가 다녀간 흔적이 있었던 것이다.

문처럼 보이는 석벽이 조각조각 파괴되었다. 꽤나 강한 실력자가 아니면 이런 짓을 할 수 없었다.

그는 뒤늦게 깨달았다.

민담집을 발견한 것이 마령교의 소굴이었음을.

또한 진무홍 역시 사령안에 소유자라는 것을.

어쩌면 진무홍은 이곳에 함정을 파놓았을 수도 있었다.

청월은 긴장감을 곧추세우며 안으로 들어갔다.

다행히 별다른 기척이나 기감은 느껴지지 않았다.

"이런 공간이 있을 줄이야."

청월은 굴 내부 공터를 보며 감탄했다.

공터는 무척이나 넓었는데 천하맹에 비무장을 통째로 옮겨 놓은 것 같았다.

높은 천장에는 야명주가 주렁주렁 매달렸고 중앙에는 일곱 개의 작은 굴이 존재했다.

청월이 가장 먼저 향한 곳은 비석이었다. 비석은 공터 중앙에 놓였으며 손으로 새긴 강렬한 필체가 남았다.

죽음을 보는 자여.

그대를 위한 유지를 이곳에 남긴다.

삶을 제대로 보지 못하면 죽음도 제대로 보지 못하는 것.

삶과 죽음의 틈새를 모두 볼 때야만 필요한 물건이 돌아가리라.

죽음을 넘어서는 길을 그에게 보여주리라.

"정말 있었구나."

청월은 비석을 모두 읽은 뒤 감탄을 마지않았다.

설마하니 진무홍 외에 또 다른 사령안에 소유자가 있을 줄은 몰랐다.

다만 아쉬운 점이라면 그는 이미 이 세상 사람이 아니라는 점이랄까.

아무리 살펴도 이곳에는 사람의 생기가 느껴지지 않았다.

"그나저나 유지(有志)를 남긴다라……."

비석에 마지막 구절이 뇌리에 남았다.

유지를 남긴다는 것은 단순히 마음을 남긴다는 뜻이 아니었다.

그 뜻에 버금가는 물건을 함께 둔다는 뜻이었다. 흐르는 세월을 담은 자신만의 물건 말이다.

청월은 뒤늦게 주변을 살폈다.

동굴 곳곳에 장력에 흔적이 남았다.

먼저 왔던 진무홍도 그 유지를 찾기 위해 꽤나 필사적이었던 모양이다.

전대 사령안에 소유자는 과연 무엇을 남겼을까.

청월의 입장에선 궁금하지 않을 수 없었다.

얼굴도 본 적이 없고 살아온 시대도 다르지만 그들에게는 사령안이라는 공통점이 존재했다.

"빈손으로 갈 수는 없지."

청월은 소매를 걷어 올리며 기합을 불어넣었다.

본격적인 보물찾기가 개시되었다.

청월은 전보다 더욱 꼼꼼하게 공터를 살폈다.

그는 민담집에 사령안을 가진 자만이 볼 수 있는 글귀를 남겼다.

그러니 동굴에도 이를 이용한 표식이 있을 거라 생각했다.

"이번엔 사령안이 필요한 게 아닌 건가?"

청월이 고개를 갸웃했다.

반 시진 넘게 동굴을 돌았지만 사령안에 걸리는 것은 없었다.

청월이 다음으로 눈을 돌린 건 벽과 천장과 바닥이었다.

중원에서는 물건을 숨기기 위해 종종 기관이나 진식을 이용한다.

어떤 돌들을 차례로 누르면 입구가 드러난다거나 하는 것 말이다.

하지만 공터가 너무나 넓었기에 특별한 표식을 찾기란 너무 힘들었다.

"휴우우우우."

청월은 한숨을 쉬며 비밀통로 찾기를 포기했다.

이윽고 그의 시선이 입구 정면에 놓인 일곱 개의 굴에 고정되었다.

굴속에서 아른거리는 어둠은 마치 그를 향해 손짓을 하는 듯했다.

그 유지라는 것을 찾기 위해 기댈 곳은 저 굴뿐이었다.

"고생 제대로 하겠군."

청월은 쓴웃음을 지은 뒤 천장에 있던 야명주를 떼어냈다.

그리고 표식을 남길 날카로운 돌을 손에 쥐었다.

마지막으로 동굴 탐험을 해볼 요량이었다.

굴에서도 별다른 성과가 없다면 유지를 얻는 것은 포기해야 할지도 모른다.

"가보자."

야명주를 앞세워 걷기 시작했다.

갈림길이 나타났을 때는 벽에 흠집을 내서 표시를 했기에 길을 잃은 염려가 없었다.

굴은 넓었으며 또한 복잡했다.

한 번에 세 개의 갈림길이 나타난 적도 있었고 뱀처럼 구불구불한 통로를 지나야 할 때도 있었다.

하나 청월은 포기하지 않았다.

그에겐 분명 청월을 부른 이유가 있을 것이다.

그 이유를 깨닫지 못한다면 이번 여정은 모든 의미를 잃게 된다.

청월은 일곱 개의 길을 하나하나 정복했으며 결국 모든 길이 곧 한 곳으로 모인다는 것을 깨달았다.

"후우우우. 또 여기구나."

청월의 탄식이 길게 이어졌다.

그가 멈춘 곳은 지상으로 이어지는 입구였다.

얼굴을 들어보니 조각난 햇살이 얼굴을 비춰주었다.

결국 일곱 개의 굴에도 별다른 의미는 없었던 셈이다.

* * *

굴에 도달한 지 이틀째.

청월에 손은 여전히 텅텅 비었다.

사령안의 소유자가 남겼다는 유지를 찾기 위해 수없이 발품을 팔았지만 모두 헛수고가 되고 말았다.

"이젠 어쩐다?"

초조함에 이를 딱딱 부딪쳤다.

여유가 있다면 이곳에 오래 머물러도 상관없었다.

다만 걸리는 것은 중원에 형세가 시시각각으로 악화되고

있다는 점이다.

지금 이 순간에도 천하맹은 마령교와 힘겨운 싸움을 벌이고 있을지 몰랐다.

이곳에 지나치게 시간을 뺏길 수는 없었다.

그런데 바로 그때였다.

"……."

청월의 눈빛이 한순간 반짝였다.

근처에서 무언가 기척을 느낀 것이다. 그것은 청월이 알아차리기 힘들 만큼 교묘했다.

이곳에서 누군가를 만난다고 하면 적일 가능성이 높다.

그는 기감을 넓히며 상대를 추적해 나갔다.

갈림길에 있는 중앙 벽에서 심상치 않은 움직임이 포착되었다.

휘리리리릭.

청월은 신법을 펼치며 거리를 좁혀 나갔다. 여차하면 선공을 펼칠 준비도 끝냈다.

진무홍이나 마령교도를 만난다면 사생결단을 내야 할지도 모르리라.

하나 문제의 장소에는 전혀 뜻밖의 상대가 있었다.

"이건 뭐야?"

허탈한 웃음이 터졌다. 긴장감으로 빳빳했던 몸도 스르륵 녹아버렸다.

청월이 발견한 것은 굴 토끼의 집이었다.

다른 토끼들이 모두 자고 있는데 한 마리만이 주변을 어슬렁거리고 있던 것이다.

"사람 놀래키면 안 돼."

그는 피식 웃으며 토끼를 번쩍 안아 들었다.

토끼는 아무것도 모르는 순진한 표정으로 그를 응시했다.

그것이 더욱 청월을 웃게 만들었다.

"푹 자라."

그는 토끼를 집에 넣어준 뒤 공터로 복귀했다.

공터는 여느 때처럼 고요했으며 굴 바람만이 가끔 정적을 깨뜨릴 따름이었다.

청월은 담담한 표정으로 비석을 응시했다.

그가 살아 있었으면 참 좋았을 거라는 생각이 들었다.

폭군이 된 진무홍과는 말이 통하지 않으니 그와는 좋은 벗이 됐을 텐데 말이다.

"다음에 와야 될 것 같아요. 지금은 시간이 부족해서."

청월은 비석을 등지고 걷기 시작했다.

그런데 굴을 나서던 중 시선이 문득 한 곳에 멈췄다.

그것은 다름 아닌 일기였다.

전대 사령안의 소유자가 굴에 지내면서 남긴, 그의 마음이 담긴 흔적인 것이다.

일기라고는 하지만 그 양식은 단순했다.

五日

이곳을 찾을 후세에게 전언을 남길 생각이다.

비석을 깎아서 중앙에 두면 좋을 것 같다.

부디 나와 같은 아픔은 겪지 않기를.

동굴에 있었던 날짜와 그날에 일과가 간단히 정리된 식이었다.

그가 굴에 머문 것은 천 일 정도 되었는데 마지막 날 지병으로 목숨을 잃은 듯했다.

처음엔 대충 보고 떠나려했지만 어느새 읽는데 정신이 쏠렸다.

말년을 쓸쓸하게 보낸 한 노인에 절절함이 글에 고스란히 묻었던 탓이다.

청월은 한 시진에 걸쳐 남긴 글을 모두 읽었다.

"대단한 분이구나."

그저 감탄만이 나올 뿐이었다.

무공도 전혀 모르는 촌부.

그가 가진 것은 오로지 사령안뿐이었고, 이를 이용해 후인을 위한 길을 만들어주려고 했다.

그 따뜻한 마음씨에 저절로 코끝이 시큰해졌다.

"어쩌면… 이게 답일지도 모르겠어."

청월의 시선이 다시 일기로 옮겨졌다.

이 굴에서 그가 놓쳤던 것은 오로지 일기뿐이었다.

그에 유지는 그 기록 속에 가장 살아 있는 것이 아닐까.

청월은 다시금 일기를 정독했다.

* * *

삼 일 만에 굴을 벗어나 세상으로 복귀했다.

햇살이 바늘처럼 눈을 찔러왔고 산들바람이 머리를 쓸어 주었다.

빛과 어둠만을 보다가 자연에 다양한 빛을 마주하니 눈이 즐거웠다.

"자, 가볼까?"

청월은 손을 비비며 걷기 시작했다.

발걸음은 개선장군처럼 당당하기만 했다.

그가 멈춘 곳은 절벽 근처에 소나무였다. 청월은 검집을 이용해 나무 주변을 열심히 파냈다.

툭툭툭툭.

팔뚝 정도 깊이를 팠을 때 무언가가 걸렸다. 순간 청월의 가슴에 짜릿함이 솟구쳤다.

마침내 그의 유지를 찾아내고 만 것이다.

"역시 내 생각이 맞았구나."

청월이 단서를 얻은 것은 비석에 적힌 한 가지 문구 때문이었다.

인간에 대한 애정을 잃지 않은 자.

반드시 그에게 필요한 물건이 돌아가리라.

이것이 말하는 것은 간단했다.

그가 동굴에서 보내 온 날들에 대한 관심을 보일 것.

즉, 벽면에 새긴 일기를 유심히 보라는 뜻이었다.

그것이야말로 유지를 남긴 그에 대한 예의였으니까 말이다.

일기를 되새김질하며 읽은 청월.

청월은 결국 그가 남긴 뜻이 무엇인지 알게 되었다.

소나무의 푸른 뜻은 결코 변하지 않아라.

그러니 내가 뿌린 씨앗도 결코 사그라지지 않을 지어다.

그 말인즉 소나무에 유지를 남겼다는 뜻이다.

산에 있는 소나무 중 가장 커다랗고 푸른 것이 바로 절벽에 있던 것이었고, 청월은 그 밑을 확인하는 중이었다.

"제대로 살펴볼까?"

주변에 흙을 모두 치우니 커다란 목궤가 나타났다.

목궤는 청년 둘이 팔을 벌려도 안지 못할 정도로 컸고 또한 그 무게도 만만치 않았다.

청월은 심호흡을 한 뒤 궤를 열었다.

"이… 이건?"

놀라지 않을 수 없었다.

궤 안에는 각종 진기한 무기가 잠들어 있었다.

번쩍번쩍한 십팔반 병기가 휘황찬란한 빛을 뿌렸던 것이다.

개중에는 특히나 그를 사로잡은 것이 있었다.

그것을 보는 순간 청월은 숨이 멎는 것도 같았다.

설마하니 이 무기가 무림에 실존할 줄은 몰랐다.

"맞겠지?"

청월은 조심스럽게 두 자루의 검을 꺼냈다.

한 자루에 검은 백색 바탕이었고 다른 검은 흑색 바탕을 했다.

또한 자루 부분에 흑백으로 태극무늬가 그려졌다.

검이 뿜어내는 예와 유려한 곡선 역시 보검이라는 것을 증명하고 있었다.

예상이 맞다면 이것은 전설의 명검 간장과 막야였다.

삼백 년 전 실전되었다고 알려진 그 전설의 검이 청월의 손에 들어온 것이다

"굉장해!"

청월은 간장과 막야를 들고 양 단세를 취해 보았다.

둔해 보이는 것과 달리 검은 깃털처럼 가벼웠으며 잡는 느낌도 상쾌했다.

쌍검술을 쓰는 그가 전설의 쌍검을 가지게 됐으니 이 또한 우연이 아닐지 몰랐다.

"당신의 유지 잠시 빌리겠습니다."

청월은 간장을 등에 매고 막야를 허리에 찼다.

진귀한 무기들이 많았지만 그것을 다 가져갈 생각은 없었다.

이 모든 것은 사령안을 가진 사람을 돕기 위해 준비된 무기다.

그가 멋대로 지인에게 나눠주거나 할 수는 없는 노릇이다.

궤에는 무기와 함께 내단도 숨겨져 있었다.

헤진 헝겊에는 열 개 가량의 내단이 존재했는데 그 향과 모양세가 범상치 않았다.

함께 놓인 무기들을 생각하면 그 효과는 의심하지 않아도 좋으리라.

청월은 내단도 단 하나만을 챙겼다.

그것도 자신을 위해 쓸 것은 아니고 혹여나 누군가를 치료할 때 필요할까 가진 것이다.

"이제 다 된 건가?"

청월은 궤를 정리하며 다시 땅에 묻으려 했다.

그런데 궤에 맨 아래 부분에서 묘한 감촉을 느꼈다.

이를 꺼내서 확인한 그는 눈이 바깥으로 튀어나올 것만 같았다.

무공을 모르는 노인이 어찌 이런 책을 남겼단 말인가.

"불사… 비공?"

청월의 한마디가 공터를 울렸다.

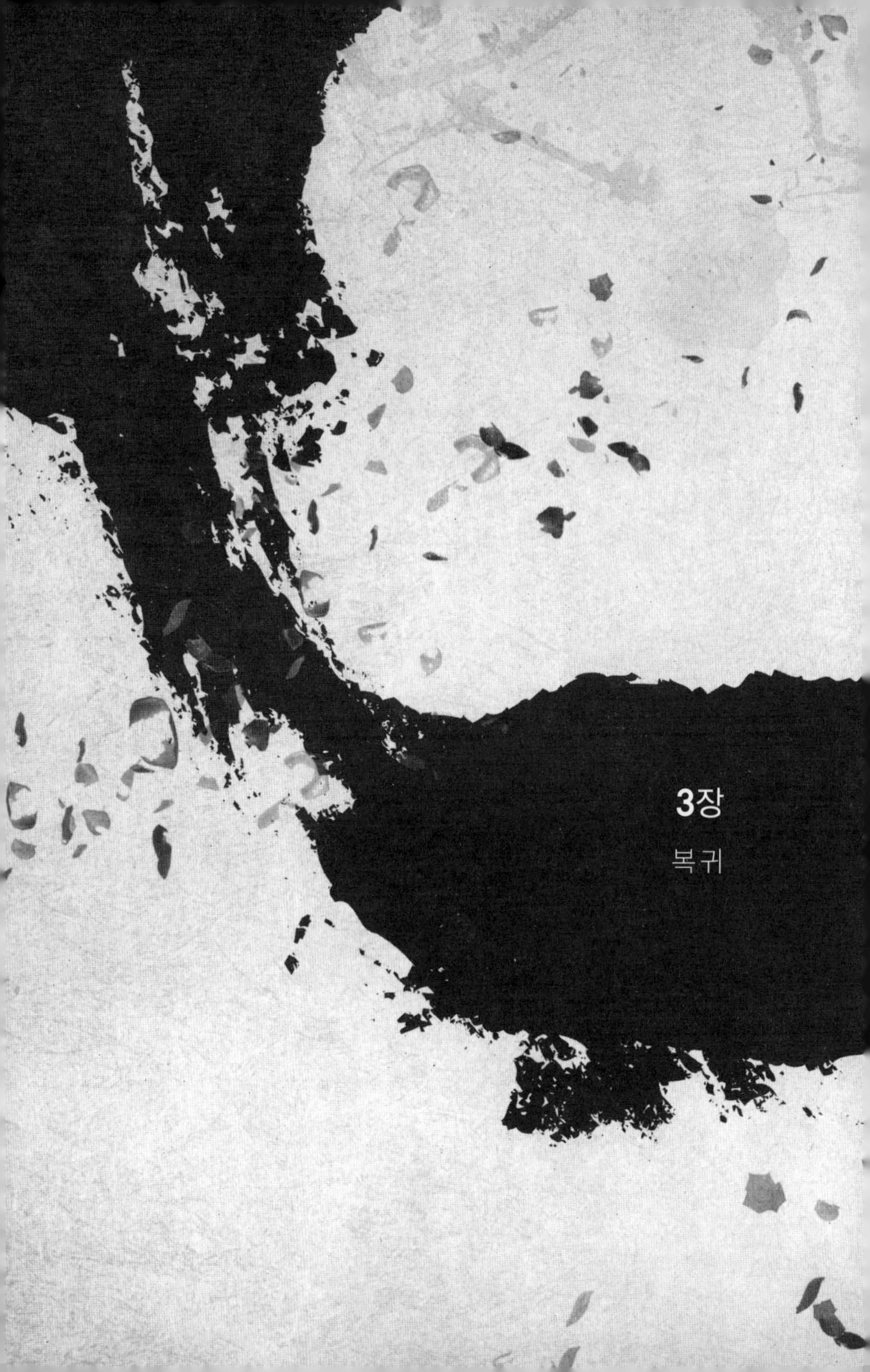

3장

복귀

기나긴 여정도 이제 끝을 향해 달리고 있었다.

천하맹이 코앞으로 다가온 것이다.

청월은 신법을 거두고 야산을 내려왔다.

그의 시선은 아까부터 맹에 자랑인 황룡전각에 고정되어 있었다.

처음 전각을 보았을 때는 그저 좋기만 했다.

동료들과 재회할 수 있고 다시금 힘을 내서 싸울 수 있었기 때문이다.

하루라도 빨리 마령교를 몰아내고 중원에 평화를 되찾으

리라고 말이다.

하지만 즐거움은 곧 슬픔에 자리를 내주었다.

이유는 모르겠지만 전각을 볼 때마다 가슴 한편이 저릿저릿하게 아파왔다.

청월은 느끼고 말았다.

천하맹주 백담천에 크나큰 부재를 말이다.

복귀를 하더라도 볼 수 없는 얼굴이 있다는 것. 그것은 커다란 슬픔이 아닐 수 없었다.

"다 왔구나."

청월은 천하맹 남문에서 걸음을 멈추었다. 그리고 문지기와 인사를 한 뒤 맹에 들어섰다.

맹에 분위기는 생각보다 싸늘했다.

내부를 걷는 사람도 적었거니와 수련으로 북적거릴 연무장도 휑하기 그지없었다.

마치 무사들이 증발하거나 어디론가 숨어버린 느낌이었다.

터벅터벅.

청월은 자연스럽게 황룡전각을 향했다.

"무슨 일이십니까?

"방주님… 아니, 천하맹주님을 뵈러왔어요."

"출타 중이라 지금은 볼 수 없습니다."

"어디로 가셨죠?"

청월이 얼굴을 찌푸리며 말했다.

마령교가 난리를 치는 통에 맹주가 자리를 비웠다.

이것을 길조로 받아들일 수는 없었다.

"그것까지 말씀드릴 수는 없습니다. 다만 오늘 중에는 들어오신다고 하셨습니다."

"알겠어요."

청월은 한숨을 쉬며 천룡단으로 발걸음을 돌렸다.

천룡단원들은 실내에 모두 모였는데 삼삼오오 모여 무기 손질을 하고 있었다.

최근 마령교가 산발적인 공세를 퍼부었기에 출동 대기를 하는 셈이다.

청월이 들어서자 단원이 그를 알아보고 소리쳤다.

몇몇은 정비하던 무기를 놓고 달려왔으며 일부는 손을 잡고 안부를 묻기도 했다.

"청월 공자가 복귀했다."

"그동안 어디에 있었어요? 다들 걱정이 많았다구요."

"부단주님께 알려야 되는 거 아닌가?"

동료들의 반응에 가슴이 따뜻해졌다.

어찌 보면 싸움을 피해서 도망친 청월이다.

그런 그에 복귀를 반가워해 주니 고마울 따름이다.

단원들과 인사를 주고받고 있는 사이 제갈선과 팽화련도 곁에 섰다.

그들의 눈시울은 어느새 붉게 물들어 있었다.

"짜식! 결국 돌아왔구나."

"걱정 많이 했어요.

두 사람이 청월을 보며 한마디씩 했다.

"그렇게 됐습니다."

"얼어 죽을. 그렇게 됐습니다는 뭐냐. 더 세련된 말은 못하겠냐?"

"잘 오셨어요, 공자."

조금 늦기는 했지만 그들은 청월의 복귀를 믿어 의심치 않았다. 큰 시련을 겪었다지만 그 정도로 쓰러질 친구는 아니었기에

"이 친구는 잠깐 내가 빌릴게요."

제갈선은 막무가내로 청월을 끌고 갔다.

청월과 제갈선, 그리고 팽화련은 인적이 드문 호숫가에 자리를 잡았다.

휘이이이잉.

서늘한 바람이 불어와 머리를 훑고 지나갔다.

하늘이 담긴 맑은 호수에는 몇 마리 오리만이 물장구를 쳤다.

세 사람은 한동안 서로를 볼 뿐 입을 열지 않았다.

하고 싶은 말이 많아서 무엇을 먼저 꺼내야 할지 몰랐다.

먼저 운을 뗀 것은 제갈선이었다.

"푹 쉬었지?"

"그래."

"그 일에 대해서는 죄책감을 가질 필요 없어. 네 잘못이 아니니까. 마령교랑 그 청연화 년이 문제였지."

제갈선이 이를 악물며 한마디 했다.

청연화가 마령교에 끄나풀이라고는 그조차 예상하지 못했다.

즉, 상대에게 제대로 한 방을 먹은 셈이다.

비련의 여주인공인 척했던 그년을 생각하면 아직도 이가 갈렸다.

"그러게 말해주니까 고맙구나."

청월이 작게 고개를 끄덕였다.

그를 가장 괴롭혔던 감정이 바로 죄책감이었으니까 말이다.

만약 그가 청연화를 구하지 않았다면 상황은 이리 꼬이지 않을 수도 있었다.

"그런데 요즘 정세는 어떻게 돌아가고 있어?"

"말도 마. 아주 최악이다. 최악."

제갈선이 손을 휘휘 저으며 말을 이었다.

"일운산에서 교섭이 실패하고 마령교가 우리를 공격했어. 야영지에 마강시와 폭강시를 보냈지. 덕분에 천하맹 무사 사할이 죽었어."

"……."

"맹주님까지 세상을 떠나시고 사기까지 곤두박질쳤지."

"지금은 어때?"

"마령교에 공격을 간신히 막는 정도야. 벌써 서안, 사천, 청해지방이 놈들 세력권에 들어갔어."

그 말에 청월의 말이 눈썹을 꿈틀했다.

그 뜻인즉 마령교가 천하맹을 칠 날도 머지않았다는 것이다.

맹이 섬서에 있으니 마음만 먹으면 언제든지 칼을 들이댈 수 있는 셈이다.

만약 중원에 방패인 천하맹이 무너진다면 그 뒤 지역은 삽시간에 먹히고 말 것이다.

"큰일 났군."

"그래, 쉽게 말하면 풍전등화다."

"흑룡회 쪽은 어떻게 됐는지 알아?"

"뭐, 대충은."

제갈선이 어깨를 으쓱하며 말을 이었다.

"흑룡회는 우리보다 상황이 심각해. 무사의 오 할이 마령교에 먹혔거든. 나머지 이 할은 싸우다가 죽었고 말이야. 너 아직 그건 모르지?"

"뭐를?"

"화룡천이 죽었다."

제갈선의 말이 망치처럼 머리를 때렸다.

청월은 한동안 머릿속이 새하얘지는 경험을 했다. 세상에 그를 꺾을 수 있는 인물이 있었단 말인가.

"화룡천이 죽다니. 대체 누가 그를……."

"누구긴 누구야. 마령교주지."

"마령교주가……."

진무홍을 떠올리는 순간 가슴이 뜨겁게 달아올랐다.

그자의 손에서 또 사단이 벌어지는 것인가.

"맹주님도 없고 화룡천도 없으니. 이제 그놈은 누가 감당할지 모르겠다."

제갈선이 한숨을 푹 내쉬었다.

천하맹과 흑룡회의 사기가 떨어진 가장 결정적인 요인.

그것이 바로 진무홍에 존재였다.

그의 손에 양측 최고수가 목숨을 잃었기 때문이다.

그를 대적할 무사가 없다는 건 크나큰 공포가 되지 않을 수 없었다.

진무홍이 화제가 된 이후 대화가 잠시 시들해졌다.

청월이 턱을 괸 채 생각에 잠겼던 탓이다. 하나 그의 눈빛만큼은 독수리처럼 날카로웠다.

"한 가지만 묻자."

"뭐를?"

"너라면 마령교를 어떻게 상대할래?"

"글쎄……."

제갈선이 뜸을 들인 뒤 말을 이었다.

그도 이런 생각을 안 해본 건 아니었다.

본래 형세를 읽고 수 싸움을 즐기는 그였으니까 말이다.

"일단 지금처럼 버티는 건 의미가 없어. 방어만 하다가 퍼지면 정말로 지는 거라고."

"그래서?"

"선공필승이다. 모든 무사가 똘똘 뭉쳐 마령교의 심장을 쳐야 돼."

"그건 계란으로 바위치기 같은데?"

청월이 반문했다.

천하맹과 마령교에 무력은 최근 역전되었다.

마령교가 흑룡회에 병력을 흡수하면서 덩치를 키웠기 때문이다.

전면전을 한다면 천하맹에 승산이 없었다.

"단순하게 덤빈다는 그렇겠지. 하지만 이 몸이 누구냐. 계략에 제갈선 선생님 아니겠어."

"그럼 방법이 있다는 거야?"

"방법이 있기야 하지. 매우 힘든 전제조건을 만족시켜야겠지만 말이야."

"됐어. 가능성이 있기만 하면 돼."

청월이 고개를 끄덕였다.

위기와 기회는 언제나 종이 한 장 차이이다.

지금에 상황을 뒤집기 위해서는 모험을 할 필요가 있었다.

청월은 제갈선을 보며 천천히 입을 뗐다.

"그 방법. 내가 살려볼게."

*　　*　　*

날이 저물었다.

하늘에는 시린 초승달이 걸렸고 거친 바람이 나뭇가지를 뒤흔들었다.

취걸아는 집무실 창가에서 바깥을 내려다보았다.

"어떻게 해야 될지 모르겠구나. 네 머리를 이리 썩이고 너 혼자 올라가면 끝이냐?"

그는 달을 보며 대거리를 했다.

이상하게도 초승달이 뜨면 그 속에 백담천의 얼굴이 겹쳐 보였다.

그리고 백담천이 떠오르면 화가 나고 눈물도 났다.

방주가 된 이후 이런 복잡한 감정을 느끼는 건 처음이었다.

꿀꺽꿀꺽.

알싸한 고량주가 목을 타고 넘어갔다.

맹주가 되고서 늘어난 건 주량밖에 없었다.

그는 언젠가부터 독주를 끼고 살았다.

속이 타오르는 건 지기의 죽음과 무너져 가는 중원 때문이 아니라 오직 술 때문이라고 스스로를 속이기 위해서.

술병을 단번에 비우고 누룽지를 씹었다.

이상하게 누룽지도 예전처럼 고소하지 않았다.

그런데 바로 그때였다.

인기척과 함께 누군가가 방으로 들어왔다.

취걸아는 그를 보고도 전혀 놀라지 않았다.

복귀 후 보고를 받았던 탓이다.

"맹에서 보니 더 반갑구나."

"저도 그리 생각해요."

청월이 피식 웃으며 답했다.

그는 거리낌없이 취걸아의 곁에 섰다.

두 사람은 말이 없었고 함께 달을 응시할 뿐이었다.

"맹주님, 이제 결단을 내려야 하지 않을까요?"

"뜬금없이 무슨 결단 말이냐?"

"마령교의 공격을 막는 것만으로는 미래가 없습니다. 이젠 천하맹이 먼저 손을 쓰지 않으면 안 됩니다."

"…돌아오자마자 아주 박력 있는 소리를 하는구나."

취걸아가 껄껄 웃었다.

그는 배까지 잡으며 아주 시원스럽게 웃음을 터뜨렸다.

단주를 비롯한 무사들이 절망에 빠졌기에 취걸아 자신도 본의 아니게 우울함에 빠졌었다.

한데 청월은 오히려 화통하게 선수를 치자고 제안한 것이다.

이런 패기 있는 말은 참으로 오랜만에 들었다.

"천하맹에 힘이 예전 같지 않다는 건 알고 있겠지? 함부로 덤볐다간 전멸을 하고 말게야."

"그래서 계책을 준비했습니다."

"계책이라……."

취걸아가 수염을 쓰다듬으며 말을 이었다.

"혹시 흑룡회와 연합 작전을 펼치자는 것이냐?"

"그… 그것을 어찌 아셨죠?"

"어허. 이 몸이 거짓밥을 몇십 년이나 먹었는데 그 정도를 모를까?"

취걸아가 미소를 지었다.

그 역시 흑룡회와 연합을 생각지 않은 것이 아니었다.

흑룡회와 천하맹이 힘을 합친다면 마령교와 비슷한 전력을 갖출 수 있었다.

속된 말로 해볼 만한 싸움이 되는 것이다.

“하지만 현 시점에서 그건 불가능에 가까워.”

“그걸로 족하지 않습니까? 불가능한 일이 아니라, 불가능에 가까운 일입니다. 마음먹기에 따라서 변할 수도 있어요.”

청월이 바로 맞받아쳤다.

흑룡회를 포섭하기 힘든 이유.

그것은 청월도 잘 알고 있었다.

흑룡회는 마령교에게 불의의 일격을 당한 뒤 잠적했다.

연합을 하고 싶어도 정확히 어디에 있는지 알 수 없는 것이다.

문제는 그뿐만이 아니었다.

만약 흑룡회와 접선한다고 해도 그들이 도움을 줄지는 의문이다.

그들은 일운산 사건 이후 심대한 타격을 입었다.

연합군을 편성하여 싸운다고 하면 필시 희생이 있을 테고, 이로 인해 재기하지 못할 만큼 힘이 약해질 수 있었다.

즉, 흑룡회에 입장에서 조용히 때를 기다리는 편이 유리한 것이다.

"그걸 다 알면서도 흑룡회와 접선하겠다는 것이냐?"

"네, 지금은 그것밖에 수가 없으니까요."

"…흑룡회에서 동의만 한다면 밀어붙여 보마."

취걸아가 고개를 끄덕였다.

위험부담이 큰 작전이었지만 지금의 형세를 뒤집을 수 있는 건 총공격뿐이었다.

이대로 가다간 말라죽게 될 것이 뻔했다.

그가 강력하게 주장한다면 단주들도 결국 동의하게 될 것이다.

백담천이 죽은 이후 수뇌부들은 전부 어찌할 줄 모르고 있으니 말이다.

"흑룡회를 설득할 방법은 있느냐?"

"아직 준비하진 못했어요. 그래서 숨은 장소를 찾으면서 같이 생각해볼 생각입니다."

"알았다. 이번에도 네게 기대를 해보마."

취걸아가 그에게 신뢰의 눈빛을 보냈다.

지금 천하맹에서 가장 믿음직한 인물이 청월이었다.

중원의 평화를 다시 한 번 젊은 피에게 기대는 것도 나쁘지 않으리라.

"언제쯤 출발할 생각이지?"

"내일 바로 떠날 겁니다."

청월이 단호하게 대답했다.

마령교의 위세가 눈덩이처럼 불어나는 지금 여유를 부릴 수는 없었다.

흑룡회에 본거지를 찾는 시간과 설득하는 시간도 꽤나 걸릴 것이니까.

"흑룡회와 이야기가 끝나면 전서구를 보내거라. 그러면 맹에 무사들을 모두 끌고 그쪽으로 가겠다."

"네."

청월은 연락방법이나 기타 사항을 논의한 뒤 방을 나왔다.

이야기를 하다 보니 시간이 훌쩍 지났는데 그사이 자정을 넘었다.

"잠이 안 오는구나."

그는 홀로 정원을 걸었다.

어둠이 내려앉은 정원은 적막 그 자체였다.

웬일인지 바람도 불지 않았고 풀벌레 소리도 들리지 않았다.

오로지 태초의 고요함만이 똬리를 틀고 있었다.

청월도 걸음은 멈춘 채 침묵에 동화되었다.

'백 소저는 무사할까?'

청월의 시선이 초승달에 닿았다.

달을 가만히 보고 있으면 그 안에 백예린의 얼굴이 그려졌다.

그 고운 얼굴을 다시 볼 수 있으면 좋으련만.

달을 향해 손짓을 해도 손은 계속해서 미끄러질 뿐이었다.

'살아 있을 거야. 분명.'

청월은 볼을 두드리며 불길한 생각을 떨쳤다.

그녀는 단지 행방불명이 되었을 뿐이다.

만약 죽을 것이었다면 사령안이 그 죽음을 보지 못했을 리 없었다.

아마도 마령교에 볼모로 잡힌 것이 아닐까.

흑룡회와 연합전선을 펼치고 마령교와 싸우게 되면 반드시 그녀를 구하고 말리라.

샤르르르릉.

맑은 금속성이 정적을 깨뜨렸다.

청월은 간장과 막야를 빼 들고 몸을 일으켰다. 심란한 마음을 물리칠 겸 검무를 출 생각이었다.

"아름답다."

청월은 검을 보며 다시금 감탄했다.

전설의 명검은 달빛을 반사하며 찬란한 빛을 뿜어냈다.

놀라운 점은 그것만으로도 검기를 운용하는 것처럼 시린 예기가 서렸다는 점이다.

한참 검을 감상하던 청월.

그가 마침내 움직이기 시작했다.

청월은 두 자루의 검과 함께 검의 폭풍을 만들어냈다.

검을 휘두를 때마다 강력한 풍압이 일었으며 그 흐름도 점차 난폭해졌다.

휘이이이잉.

거친 바람에 나뭇가지가 춤을 추었으며 수풀도 우르르 누웠다.

한편 청월은 완벽한 무아지경에 빠졌다.

검을 휘두르는 순간은 그 어떤 걱정도 그를 괴롭힐 수 없었다.

백담천의 아쉬운 죽음과 백예린의 실종도.

앞으로 펼쳐질 흑룡회와 관련된 임무도, 모든 것이 까맣게 사라졌다.

검무는 한 식경 가까이 지속되었으며 그 기세는 갈수록 힘을 더했다.

"절대로 용서하지 않겠다!"

청월이 처음으로 일갈을 질렀다.

그는 코앞에 진무홍이 있다고 생각하고 검을 휘둘렀다.

청월에게 처음으로 좌절을 안긴 인간, 같은 사령안을 가진 사람, 무림에 혈풍을 몰고 온 장본인인 진무홍을 향해서 말이다.

쿠우우우웅.

허공에 열십자가 그려지면서 호수물이 하늘로 치솟았다.

감정을 억누르지 못해 힘이 폭발했던 것이다.

"하악하악."

청월은 한숨을 쉬며 검을 거두었다.

힘과 감정을 토해내고 나니 마음이 한결 편해졌다.

그는 이마에 맺힌 땀을 닦고 먼 곳에 시선을 주었다.

이젠 불청객을 처리해야 할 때였다.

"이제 그만 나오시죠?"

"…알고 있었는가?"

나무 그늘에서 모습을 드러낸 건 다름 아닌 장무룡이었다.

그는 얼음장처럼 차가운 얼굴로 청월에게 접근했다.

"못 본 사이에 실력이 늘었군."

"그럴 수밖에요. 제게는 강해져야 할 이유가 있으니까요."

"강해져야 하는 이유라… 재미있는 이야기를 하는군."

장무룡이 피식 웃었다.

"한때는 백담천도 그런 이야기를 했었지."

"맹주님이… 요?"

"그래, 너를 보고 있으면 이상하게 그 녀석이 겹친다."

장무룡의 시선이 하늘을 향했다.

마치 먼 옛날에 추억을 불러오는 것 같은 모습이었다.

"녀석은 예전부터 책임감이 강했지. 누가 시키지도 않은 일을 멋대로 떠맡고 말이야. 덕분에 강호행을 했던 동료들이 많이 고생을 했고."

"……."

"너도 그 녀석과 같은 부류다."

장무룡이 그렇게 말하며 청월을 응시했다.

그의 시선이 따뜻하게 느껴진 것은 단순한 착각인 것일까.

긴 침묵이 이어지는 가운데 청월이 운을 뗐다.

"그래서 하고 싶은 말이 뭐죠?"

말투에 가시가 잔뜩 박혀 있었다.

그는 장무룡이 어떤 짓을 했는지 잘 알았다.

자신의 계략을 흑룡회에게 떠넘긴 뒤 대혈전을 벌이려고 하지 않았던가.

백 번을 생각해도 접근을 달갑게 볼 수 없었다.

"대화를 하는데 꼭 이유가 필요한가?"

장무룡이 웃으며 말을 이었다.

"뭐, 굳이 따지면 너를 위해 왔다고 볼 수 있지."

"저를 위해서요?"

청월이 놀라 되물었다.

이게 무슨 마른하늘에 날벼락 떨어지는 소리란 말인가.

장무룡은 청월을 도울 이유가 하등 없었다.

오히려 죽이지 못해서 안달이 났다고 하는 게 옳지 않을까.

“이해를 못하겠다는 표정이군.”

“제 입장에서는 당연한 겁니다.”

“그래, 그 생각을 못했군. 하여간 찾아온 용건부터 전하도록 하지.”

장무룡이 뜸을 들인 뒤 말을 이었다.

“한 가지 확인해 보고 싶은 게 있다.”

“무엇을 말이죠?”

“네가 마령교주를 꺾을 힘이 있는지 말이다.”

장무룡의 말에 온몸이 싸늘해졌다.

마령교주라는 이름이 바깥에 나온 것만으로도 왠지 긴장이 됐다.

한동안 침묵이 흐르고 이내 청월이 운을 뗐다.

“그걸 뇌전단주님께서 확인할 수 있습니까?”

청월이 어깨를 으쓱했다.

뇌전단주가 고수인 것은 부정할 수 없다.

하나 화룡천을 꺾은 진무홍과 비교한다는 것은 어불성설이었다.

“완벽하게는 아니지만 어느 정도 가늠해 볼 수는 있지.”

“…….”

"나는 무당 최고의 절기인 무극심법을 익혔다. 이것을 제대로 펼칠 땐 백담천조차 감당하지 못했지."

"그 말씀은……."

"네 생각 그대로다."

장무룡이 고개를 끄덕였다.

"만약 나의 절기를 꺾는다면, 적어도 절기만큼은 네가 백담천을 넘어선다는 뜻이지. 즉, 마령교주와에 싸움에서도 비벼볼 언덕이 생긴다는 것이다. 맞서 보겠느냐?"

"네."

청월이 자신 있게 대답했다.

그도 내심 새롭게 변형한 천풍섬을 시험해 보고 싶었다.

그마저도 통하지 않는다면 청월의 미래도 장담할 수 없으니까 말이다.

"자신감이 넘치는군."

장무룡이 피식 웃었다.

하나 그것은 예전에 흘리던 비웃음이 아니었다.

지인에 농담을 받는 것처럼 편안한 웃음이었다.

"좋다. 그럼 지금부터 절기 대결을 펼치도록 하지."

그가 뜸을 들인 뒤 말을 이었다.

"단 공격을 피하는 것은 절대로 금한다. 맞부딪쳐서 서로의 힘을 알아야 하니까 말이다."

"바라던 바입니다."

"각오 단단히 해라. 백담천도 이 초식만큼은 늘 피했었다."

장무룡은 그렇게 말하고 검을 빼 들었다.

그의 시선은 어느새 하늘에 닿아 있었다. 그리움이 잔뜩 묻은 얼굴이었다.

'자네도 보고 있나?'

장무룡은 그렇게 말하고 힘껏 검을 쥐었다.

백담천이 죽었다는 소식을 듣고 대성통곡했던 그다.

한때는 흑룡회 문제를 두고 싸웠지만 그것은 이념에 문제였을 뿐이다.

인간 백담천을 미워한 적은 단 한 번도 없었다.

백담천이 죽은 후 그는 다시금 검술에 매진했다.

그리고 잃어버렸던 태극의 정신을 깨웠다.

지금 그가 펼치는 무극검법은 가히 극상이라고 볼 수 있었다.

'백담천이 죽은 이상, 녀석을 닮은 너밖에 믿을 곳이 없다. 부디 나를 꺾고 정상에 올라야 한다.'

장무룡은 청월을 보며 속으로 중얼거렸다.

"저는 준비가 끝났습니다."

청월이 가볍게 발을 튕기며 말을 이었다.

백담천조차 감당하지 못했던 초식이라 하니 염려가 되긴 했다.

하지만 그 벽을 넘지 못한다면 진무룡을 넘는 것도 불가능했다.

그 결과는 분명 무림에 비극으로 화할 것이고 말이다.

"좋다. 숨길 필요 없이 완전한 실력을 보여다오."

장무룡은 그렇게 말하고 공력을 깨웠다.

그와 동시에 지면은 지진이 난 것처럼 흔들렸으며 잔돌들이 부르르 떨었다.

검에 담긴 새파란 진기도 더욱 푸르고 두꺼운 형태로 변해갔다.

"간다."

쩌렁쩌렁한 외침과 함께 검이 뻗어졌다.

장무룡은 단순하게 검을 일자로 내리그었다.

하나 태극에 이치를 담은 일격은 결코 만만치 않았다.

중압감으로 인해 손가락 하나 까딱하지 힘들 정도였다.

만약 이대로 간다면 청월은 육신조차 남지 않고 증발할지 몰랐다.

"질 수 없습니다. 절대로!"

청월 역시 절기를 펼쳐 나갔다.

그는 천도지체의 힘을 터뜨린 뒤 천풍섬을 사용했다.

그의 몸에서 뿜어지는 공력은 바람을 탔으며 동시에 한 자루에 커다란 풍검이 되었다.

쿠우우우우웅.

절기와 절기가 충돌하면서 폭음이 터졌다.

공력이 허공에 엉키면서 파바박 하고 불꽃이 튀기기도 했다.

하지만 양쪽 공격 모두 쌩쌩한 상태였다.

'이대로 가다간…….'

청월이 얼굴을 찌푸렸다.

백담천이 막지 못했다는 초식이라는 것이 단번에 이해가 갔다.

청월이 싸움에서 조금씩 밀리고 있었던 것이다.

그저 허공을 세로로 긋는 일격일 뿐인데 이리도 강력할 줄은 몰랐다.

음과 양에 조화로 만들어지는 태극.

그 이치를 가르는 최초의 움직임이 바로 무극이다.

장무룡에 검법에는 도가 최상승에 깨달음이 잠들어 있었다.

'하지만 나도 예전에 내가 아니란 말이지.'

청월은 천풍섬에 더욱 공력을 불어넣었다.

그러자 기울었던 싸움의 추가 다시금 평형을 되찾았다.

이제는 달라진 그가 활약할 차례였다.

'가보자고!'

청월은 천풍섬을 유지하면서 신법을 밟기 시작했다.

그의 발은 어느새 원을 그리고 있었다.

지금이야말로 한 단계 성장한 천풍섬을 사용할 때였다.

쿠우우우우웅.

두 번째 폭음이 일어났다.

* * *

어둠이 물러간다.

지평선에서는 황금빛 먼동이 떠오르고 있었고 어디선가 닭 울음소리도 들려왔다.

아침이 깨어나는 시각, 청월은 운기조식에 한창이었다.

복잡한 생각들로 잠을 들 수 없었고 궁여지책으로 심법에 힘을 쏟았다.

들여 마시는 호흡에 잡념을 떨치고 내쉬는 숨에 감정을 떨쳐냈다.

다행히 심법으로 마음에 짐을 덜 수 있었다.

"됐다."

만족스런 미소를 지으며 몸을 일으켰다.

그는 최대한 소리를 내지 않고 움직였는데 반대편에서 아직 제갈선이 자고 있던 탓이다.

제갈선은 아기처럼 쌔근쌔근 숨을 내쉬었다.

좋은 꿈을 꾸는지 입도 살짝 벌어졌다.

이를 보고 있자니 저절로 입가에 미소가 그려졌다.

지기가 곁에 있다는 게 이리도 편안한 기분일 줄이야.

창가에 선 청월.

그는 오랫동안 먼동을 바라보았다.

먼동이 묻은 얼굴이 환하게 빛났으며 창틈으로 새는 바람이 머리를 간질이기도 했다.

모든 준비가 끝났다.

연합전선만 형성한다면 마령교와도 한판 승부를 벌일 수 있으리라.

부디 자신이 흑룡회와 천하맹을 잇는 징검다리가 될 수 있기를.

청월은 먼동을 보며 소원을 빌었다.

"가자."

간장과 막야를 챙기고 지도와 건식, 그리고 약간의 금전을 챙겼다.

그에 여정 준비는 언제나와 같이 단출했다.

필요한 것은 그때에 맞게 준비한다.

그것이 여행을 떠나는 청월의 신조였으니까.

청월은 방을 나가면서 제갈선을 힐끔했다.

순간 바람을 맞은 갈대처럼 가슴이 흔들렸다.

그를 두고 가는 것이 옳은가 하는 생각이 들었던 것이다.

제갈선은 분명히 의견을 피력했었다.

이번에는 반드시 그와 함께 맹을 떠나겠다고 말이다.

청월은 문 앞에 서서 오래도록 망설였다.

그리고 문을 활짝 열어젖힌 뒤 제갈선에게 향했다.

"자고 있어?"

몸을 흔들어도 답이 없었다.

청월은 창문을 열고 이불을 확 빼앗아 버렸다.

결국 제갈선과 함께 여행을 하기로 마음먹은 것이다. 이번만큼은 그를 배신할 수 없었다.

"뭐… 뭐야, 이건?"

청월은 제갈선을 보고 깜짝 놀랐다.

그가 옷을 모두 입은 채 자고 있었으며 손에는 검까지 쥐고 있었기 때문이다.

"임마, 놀랐지?"

제갈선이 벌떡 일어나더니 청월에 어깨를 두드렸다.

잠에 들지 못한 건 그 역시 마찬가지였다.

그래서 미리 떠날 채비를 하고 잠든 척했을 뿐이다.

"이번에도 혼자 떠나면 절교하려고 했다."

"……."

"너도 이제 좀 사람다워지는구나. 사람이란 게 말이야 때로는 도움도 주고 도움도 받고 하는 거야. 독불장군처럼 굴면 오래 못산다."

"알았어."

두 사람이 피식 웃었다.

마음이 통하는 사람이 있다는 행복한 일이었으니까.

청월은 먼동을 뒤로하고 방을 벗어났으며 제갈선이 그 뒤를 따랐다.

새로운, 어쩌면 마지막이 될지도 모를 여행이 시작되었다.

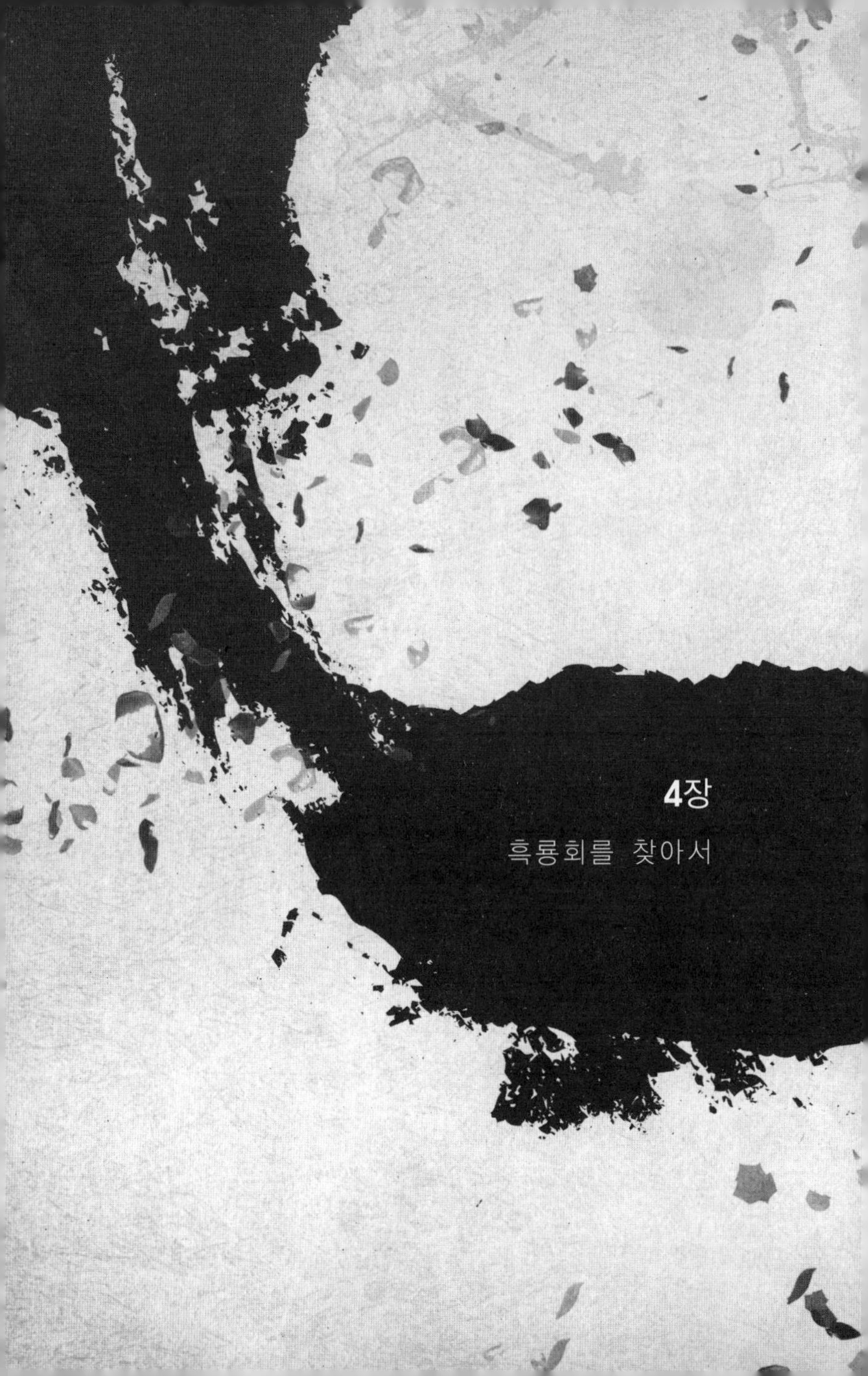

4장

흑룡회를 찾아서

"으으으윽."

절로 신음이 터졌다.

감각이 하나 둘 돌아오면서 잊고 있던 통증이 파도처럼 밀려왔다.

백예린은 눈꺼풀을 바르르 떨며 간신히 눈을 떴다.

"이게… 어떻게 된 일이지?"

그녀는 주변을 둘러보고 고개를 갸웃했다.

분명 처음 보는 곳에 있었다.

본래대로라면 사지를 강박당한 채 감옥에서 깨어나야 했다.

그런데 팔과 다리가 자유로울 뿐 아니라 호화로운 방에서 정신을 차렸다.

누워 있던 곳은 삼베 이불이 놓인 넓은 침대였으며 곁에 있는 창가에선 햇살이 쏟아졌다.

믿을 수가 없는 일이었다.

혹시 그동안 긴 꿈을 꾸고 있었던 건 아닐까 하는 생각이 들 정도로 말이다.

만약 손목과 발등에 난 족쇄에 흔적을 발견하지 못했다면 오래도록 꿈과 현실에 경계를 오갔을 것이다.

백예린은 한동안 멍하니 창밖을 응시했다.

햇살이 좁쌀 같은 모양으로 침대를 비추고 있었다.

그녀를 깨웠던 것이 바로 저 햇살인 듯했다.

그 따스함을 맞고 있자니 저절로 미소가 지어졌다.

"이럴 때가 아니야. 정신을 차리지 않으면."

백예린은 두 볼을 두드리며 의식을 깨웠다.

갑작스럽게 대접을 한다고 해서 마음을 놓아서는 곤란했다.

그녀는 마령교에 포로로 잡혔다.

어떻게 해서든 빠져나갈 궁리를 하지 않으면 안 됐다.

"단전을 끊어놓은 건 아닌 것 같은데. 혈을 막은 건가?"

가볍게 운기를 한 뒤 얼굴을 찌푸렸다.

이상하게도 공력이 돌 때마다 그 기운이 약해져 갔다.

평소와는 정반대 현상이 일어나는 것이다.

보통 일주천을 하면 제법 내력이 쌓이건만 지금 상태라면 몇 번이고 해야 할 것 같았다.

백예린은 한숨을 쉬고 창가로 향했다.

그녀가 있던 곳은 꽤나 높은 층수였는데 아래의 광경이 한눈에 잡힐 듯했다.

전각주변에는 수많은 건물이 늘어섰으며 훈련을 하는 무사들도 꽤나 눈에 띄었다.

"적진 한복판에 갇혔구나."

보고 있는 광경이 하나같이 아찔했다.

그녀가 탈주를 결심한다고 치면 모두가 적이 될 테니까 말이다.

"그 여자에게 속지 말았어야 했는데."

청연화를 떠올리니 저절로 탄식이 토해졌다.

때를 거슬러서 일운산에서 대기하던 중.

그녀는 동료들과 함께 자리를 지키고 있었다.

그런데 청연화가 헐레벌떡 뛰어와 그녀에게 귓속말을 했다.

"청월 공자가 위험해요. 도와주세요."

"갑자기 무슨 말씀이세요?"

"흑룡회에서 갑자기 습격을 했는데 공자가 말려들어서."

청연화가 눈물을 글썽거리며 말했다.

게다가 청월이 부상을 입은 채 힘겹게 싸운다고 하니 가만히 있을 수가 없었다.

"당장 모두에게 알릴게요. 함께 싸우지 않으면."

"그건 안 돼요! 습격을 한 건 흑룡회 인원 일부예요. 그들만 막으면 회담은 이어질 수 있어요."

청연화가 다급하게 말을 이었다.

"다른 분 몇몇에게도 이야기를 해놨으니까 백 소저만 도와주시면 돼요."

"…알겠습니다."

백예린은 그녀를 따라 산을 올랐고 이윽고 그녀의 기습에 의식을 잃었다.

즉, 청연화는 청월을 핑계로 자신을 끌어냈던 것이다.

"지금 생각하면 말도 안 되는 일인데……."

그녀는 안타까움에 혀를 찼다.

조금만 더 진지하게 생각했더라도 그런 얕은 수에 걸리지는 않았을 것이다.

그리고 그녀가 청월에 이름을 거들먹거리지만 않았어도 마찬가지다.

"벌써 정신이 들었나요?"

밝은 목소리가 정신을 깨웠다.

놀라서 돌아보니 청연화가 이쪽을 향하고 있었다.

"그 낯짝으로 뻔뻔하게 인사를 하는군."

"어머? 제 얼굴이 뭐가 어때서요? 오늘은 특별히 약초 가루도 발랐는데."

청연화가 너스레를 떨며 받아쳤다.

두 사람은 약속이라도 한 것처럼 탁자에 앉았고 곧 따뜻한 녹차가 나왔다.

모락모락 피어나는 김 속에 그들의 시선이 은밀하게 충돌했다.

"날 이런 방으로 옮긴 건 무슨 속셈이지?"

"딱히 백 소저를 위한 건 아니에요. 결과적으로는 그렇게 된 셈이지만. 이유가 듣고 싶어요?"

청연화가 차를 들이켠 뒤 말을 이었다.

"교주가 당신의 몸을 탐내는 것 같아서 말이에요. 그래서 내가 피신을 시킨 셈이죠."

"뭔가 앞뒤가 안 맞는 것 같은데."

백예린은 어처구니가 없어서 웃고 말았다.

"그 사람 취향이 독특해요. 아름다운 걸 좋아하는데. 특히 그 아름다움이 망가지기 직전에 상태를 가장 좋아하죠. 즉 그 사람은 지금의 백 소저보다 감옥에 있던 백 소저에게 더 욕정을 느낄 거예요."

"짧은 말을 꼬아서 하는군. 쉽게 말하면 변태라는 거 아닌가?"

"네, 맞아요."

청연화가 호탕하게 대답했다.

잠시 침묵이 흐르는 가운데 백예린이 차에 입을 대었다.

철천지원수를 두고 대체 무얼 해야 할지 몰랐다.

가능하다면 무력으로 제압을 해볼까.

그것도 아니라면 교주에 관한 정보를 빼낼까.

"궁금하지 않나요?"

"뭐가 말이죠?"

"당신이 마령교에 붙잡힌 사이 중원에 무슨 일이 있어났는지 말이에요."

청연화는 그렇게 말하고 술술 그간에 일을 풀었다.

마치 나는 말할 테니 너는 듣기만 해라는 듯이 말이다.

청연화의 말이 길어지면 길어질수록 백예린에 표정은 굳어만 갔다.

그녀의 말이 비수처럼 가슴을 찌른 것이다.

우선 일운산에서의 회담은 물거품이 되었고 천하맹주, 즉 자신에 아버지가 죽었다.

놀랍게도 비극은 거기서 끝나지 않았다.

천하맹은 정예 병력에 삼 할을 잃고 패퇴했으며 흑룡회는 절반가까이 마령교에 흡수되었다.

그녀가 포로로 잡힌 짧은 시간 동안 중원이 마령교 손아귀에 들어간 셈이다.

"거짓말. 다 거짓말이야."

백예린은 고개를 저었다.

적의 말을 곧이곧대로 믿어줄 수는 없었다.

모든 것은 그녀의 기를 죽이기 위해 청연화가 꾸민 것이리라.

"믿든 말든 상관없어요. 난 있는 그대로를 말한 것뿐이니까."

청연화는 그렇게 말하고 방을 빠져나갔다.

그녀가 남기고 간 여운이 가시처럼 가슴을 찔러왔다.

* * *

천하맹을 벗어난 청월과 제갈선.

두 사람은 신법을 밟으며 산천초목을 누볐다.

그들의 목적지는 신강 지방에 운천이라는 도시였다.

개방이 조사한 바에 따르면 이곳에 흑룡회의 흔적이 최근까지 남았다.

물길을 알고 싶으면 물이 시작되는 곳을 알아야 하는 법.
두 사람의 조사도 이곳에서 시작되지 않으면 안 됐다.
그들은 일주일간의 강행군을 통해 간신히 신강 지방에 들어섰다.
"조금 쉴까?"
청월이 피식 웃으며 말했다.
마령교의 세력권에 접어든 이상 무공을 쓰는 일을 조심하지 않으면 안 된다.
이제부터는 신법을 쓰는 것도 자제해야 했다.
"임마, 그걸 이제 말하냐?"
제갈선이 토라진 계집처럼 입을 내밀었다. 그리고 앓는 소리를 하며 나무에 기댔다.
무위가 높지 않은 그에겐 신법을 밟는 것조차 고역이었다.
그동안에 여정으로 발바닥은 완전히 닳아버렸으며 무릎도 욱신욱신 쑤셨다.
공력이 딸려서 그런지 온몸에 힘이 빠져나가는 것 같기도 했다.
두 사람은 말없이 휴식을 취했다.
무림에 정세와는 상관없이 날은 상쾌하지 그지없었다.
하늘은 푸르렀고 뭉게구름은 여유롭게 헤엄을 쳤다.
산들 바람이 불면 꽃들이 춤을 추기도 했다.

만약 임무를 받지 않았다면 마음껏 경치를 즐겼을지도 모른다.

"그런데 가능할까?"

"뭐가?"

"흑룡회를 설득하는 일."

청월이 무덤덤하게 말했다.

막상 자신 있게 맹을 뛰쳐나왔지만 걱정이 되는 건 사실이었다.

애초에 대책을 세우고 출발한 것도 아니었고 말이다.

"잘될 거야. 안 되면 어쩔 수 없는 거고."

제갈선이 말을 이었다.

"우리가 지금 걱정해야 할 건 일단 흑룡회를 찾는 일이지."

"하긴 찾아야 설득도 하는 거겠지."

청월이 고개를 끄덕였다.

그들은 이동하면서 흑룡회가 숨어 있을 장소를 추측했다.

우선은 현 목적지인 운천을 돌아볼 생각이고 그다음으로 주변에 세 도시를 뒤질 생각이었다.

흑룡회에 무사들이 줄었다고는 하나 나름 대병력이었고, 먼 곳을 이동하다 보면 자연스럽게 위치가 노출되기 때문이다.

"그나저나 팽 소저와는 무슨 관계야?"

"뜬금없이 그건 왜 물어?"

"저번에 보니까 꽤 친해 보이기에."

"우리 만나고 있어. 뭐, 흔히 말하는 연인이라고 할까?"

제갈선이 담담하게 말했다.

"남궁 공자와의 일은 알고 있었어. 그런데 매일 슬퍼하는 걸 보면 괜히 네가 더 아프더라고. 위로를 해주다 보니 자연스럽게 그렇게 됐지."

"생각보다 제법인데?"

청월이 피식 웃으며 말했고 제갈선은 그런 청월의 이마에 기습 딱 밤을 날렸다.

경쾌한 소리와 함께 이마가 부풀어 올랐다.

"너한테는 그런 이야기 듣고 싶지 않거든?"

제갈선이 피식 웃으며 말했다.

"임마. 네가 백 소저랑 맺어지는 거 얼마나 답답……."

그는 말을 하다 말고 입을 다물었다.

백예린을 입에 담으면 청월이 아파할까 걱정됐던 것이다.

그 말을 끝으로 두 사람 사이에 침묵이 찾아왔다.

먼저 운을 뗀 건 의외로 청월이었다.

"괜찮아. 백 소저는 살아 있을 거고, 난 소저를 구할 거니까."

청월은 옷을 털며 몸을 일으켰다.

"다시 가자. 우리 할 일은 지금부터잖아?"

"그래, 네 말이 맞지."

제갈선은 몸을 일으킨 뒤 청월에 뒤를 좇았다.

그렇게 두 시진이 지난 뒤, 두 사람은 간신히 운천에 도착했다.

이곳이 바로 흑룡회에 마지막 흔적이 남아 있는 도시였다.

운천은 그리 크지 않은 도시였으며 광산업이 발달한 곳이다.

주로 철과 납 등이 채석되었는데 최근에는 그 양이 줄어 쇠퇴하는 중이었다.

"그리 오래 걸리지는 않겠는데?"

제갈선이 마을을 훑으며 말했다.

마을 내부에서는 그다지 눈에 띄는 점이 없었다.

굳이 꼽자면 대장간이 다른 곳보다 많다는 정도랄까.

"대충 보면 안 돼. 숨어 있을 테니까 예리하게 살펴야지."

"네네. 알아 모시겠습니다."

"나는 동쪽하고 남쪽을 훑을 테니까. 너는 다른 쪽을 살펴줘."

두 사람은 구역을 정한 뒤 술시에 다시 보기로 하고 흩어졌다.

'반드시 찾아내고야 말겠어.'

청월은 의지를 불태우며 수색에 임했다.

스쳐 가는 행인도 그냥 넘기지 않았으며 거리에 있는 상점도 모두 들어가 봤다.

공력이 있는 사람이면 오래도록 뒤를 쫓기도 했다.

마을은 좁았지만 의심하며 살피니 시간이 금세 달아났다.

중천에 떴던 하늘은 어느새 지평선에 누웠고 빛 대신 어둠이 잦아들었다.

"벌써 이동한 건가?"

청월은 한숨을 쉬며 약속장소로 향했다.

무려 네 시진을 넘게 도끼눈을 뜨고 다녔건만 얻은 것이 없었다.

굳이 소득을 찾자면 이곳 사람이 외지인에게 친절하다는 점이랄까.

"난 완전히 허탕이야. 너는?"

"별수 있겠어?"

제갈선도 어깨를 으쓱했다.

그 역시 별다른 정보를 얻지 못한 것이다.

아무래도 흑룡회는 작정을 하고 몸을 숨긴 것 같았다.

어쩌면 이번 임무는 전례 없는 술래잡기가 될 수도 있겠다. 문득 그러한 생각도 들었다.

두 사람은 객잔에서 쉬며 내일을 기약했다.

*　*　*

날이 밝자마자 수색이 시작되었다.

이번에도 구역은 나뉘었고 거기에 탐문수색이 추가되었다.

사람에 행방을 함부로 물었다가는 오히려 의심을 사는 법.

그들은 조심스럽게 입소문을 모았다.

문제라면 마을 사람이 전해주는 이야기가 대개 시시콜콜한 것이라는 점이다.

말을 듣다 보면 어느새 지인에 대한 욕으로 흐르는 경우도 있었다.

청월과 제갈선은 정오에 다시 모여 정보를 나누었다.

"흑룡회가 여기 왔다간 건 맞나? 본 사람이 아무도 없다는데?"

"생각이 있으면 사백 명이 우르르 몰려오진 않았겠지. 삼삼오오 모여 다녔으면 못 알아봤을 거야."

청월이 턱을 괸 채 말했다.

"아무래도 운천은 포기해야 할 것 같아."

"내 생각도 마찬가지다. 아직 가야 할 데도 세 군데나 남았잖아?"

"맞아. 문제는 거기가 전부 운천보다 큰 도시라는 거지."

두 사람은 동시에 한숨을 내쉬었다.

흑룡회를 찾는 일은 생각보다 만만치 않았다.

지금 같은 방식이라면 그들을 찾지 못할 수도 있었고 설령 찾는다 한들 삼사십 일은 써야 할 것 같았다.

풍전등화인 무림에 정세를 생각하면 있을 수 없는 일이었다.

그때쯤에는 아마 무림이라는 초는 다 타버리고 촛농만 남지 않을까.

두 사람은 곧바로 운천을 떠나 다른 도시로 향했다.

그렇게 시간은 흘러갔고 그들에 손에는 어떠한 단서도 잡히지 않았다.

도시를 세 군데나 뒤졌건만 모두 허탕을 치고 만 것이다.

그들은 현재 마지막 도시 방옥에서 계획을 재검토 중이었다.

흑룡회를 찾아나선지 십오 일이 지난 시점. 무언가 다른 돌파구가 필요했다.

"저기 봐라. 마령교 놈들이다."

문득 제갈선이 대로를 가리켰다.

흑의를 입은 인물들이 우르르 서쪽 편을 향했다.

그 수는 대략 이 백 정도였으며 바깥으로 뿜어내는 공력도 만만치 않았다.

“천하맹을 향하는 건가?”

청월이 얼굴을 찌푸리며 물었다.

“그건 아니야. 네가 없는 동안 저놈들이 쓰는 방법이 있는데.”

제갈선이 말을 이었다.

“저놈들은 마을에 가서 일반인들을 약탈해. 그리고 맹에 무사들이 올 때쯤이면 슬쩍 자리를 내빼지. 그야말로 천하맹에 인심을 떨어뜨리는 작전이지.”

“……”

청월은 말을 잇지 못했다.

그러고 보니 맹을 떠나 칩거했던 마을에도 같은 일이 벌어졌었다.

비무림인에게도 손을 쓰는 잔혹함이라니.

청월은 저도 모르게 이를 악물었다.

“근데 저 작전도 슬슬 끝날 때가 됐을 거야.”

“무슨 뜻인데?”

“조만간 제대로 된 병력을 끌고 천하맹에 들어온다 그 말이지.”

제갈선이 한숨을 쉬며 말했다.

그것은 전장 또는 사냥에 법칙과도 같았다.

상대의 힘을 서서히 뺀 다음에 단번에 급소를 물어서 죽여 버리는 방법 말이다.

덩치가 커진 마령교가 더 이상 빈사 상태에 천하맹 눈치를 볼 필요가 없었다.

두 사람의 시선은 오래도록 마령교도들에게서 떠날 줄을 몰랐다.

"일단 배나 채우자."

제갈선이 앞장서서 걸었다.

그는 가장 가까운 객잔에 들어가서 만두와 국수를 시켰다.

점심시간이 지나서 그런지 음식이 번개처럼 나왔다.

그들은 말없이 음식을 먹어치웠다.

'큰일 났네. 이대로 가다간.'

청월은 저도 모르게 입술을 깨물었다.

흑룡회를 찾는 것은 쉽지 않았고 시간은 모래처럼 손아귀에서 빠져나갔다.

그럴수록 초조함에 가슴이 타들어갔다.

"먹을 만한데 왜 이렇게 표정이 안 좋아?"

제갈선이 청월을 보며 말을 이었다.

"먹을 때 재수없는 생각하면 체한다. 그리고 생각한다고 문제가 해결되는 건 아니야. 가만히 질문을 품고 있으면 언젠가 저절로 답이 떠오른다 이거지."

"…맘 편한 소리 하는구나."

"네가 아직 뭘 몰라서 그래. 저기요, 여기 죽엽청 두 병 주세요."

제갈선은 술까지 주문했다.

아무래도 임무 수행 중이라는 것도 잊은 모양이다.

하지만 독사 같은 꼬임에 청월도 넘어가고 말았다.

두 사람은 어느새 술잔을 주거니 받거니 했다.

한 번 들어간 술은 멈출 줄 몰랐고 식탁에는 있는 술병이 쌓이기 시작했다.

"야, 공력으로 취이기 날리면 안~ 된다."

제갈선이 혀 꼬부라진 소리를 했다.

얼굴은 난로처럼 달아올랐으며 움직임도 낙지처럼 흐느적거렸다.

술을 좋아하기는 하지만 의외로 주량이 약한 그다.

"왜?"

"왜긴 왜야? 아까아 말했잖아."

그는 침을 튀기며 청월에 어깨에 손을 얹었다.

"오늘은 이대로 지~ 내는 거라고오."

"…맘대로 해."

청월도 될 대로 되라는 식으로 말했다.

취기가 오르니 견고하던 이성의 끈이 무너지기 시작했다.

사실 붕 뜬 기분이 그리 나쁘지 않았다.

그간 흑룡회를 찾아다니면서 심한 맘고생을 하지 않았던가.

반나절 취할 노고는 충분히 한 셈이다.

"이럴 거면… 차라리 기루우를 갈걸."

제갈선은 그리 말하며 청월에 어깨를 쳤다.

그의 눈동자가 며칠간 방치된 생선처럼 흐릿했다.

몸이 들썩들썩하는 걸 보니 곧 토악질도 할 것 같았다.

"방 잡을게요."

청월은 요금을 내고 숙소에 제갈선을 눕혔다.

그는 눕자마자 이불을 차며 코를 골았다.

정신을 차리려면 오늘 하루는 버려야 되지 않을까 싶었다.

청월은 내려와서 남을 술을 정리하기 시작했다.

꿀꺽꿀꺽.

죽엽청이 시원하게 목구멍을 씻어주었다. 그동안 이 좋은 걸 왜 참았나 하는 생각이 들었다.

"혼자 마시니까 좀 그렇네."

청월은 흐리멍덩한 눈으로 주변을 살폈다.

안타깝게도 동석을 할 자리가 없었다.

창가 쪽에선 식사를 하는 연인이, 그 반대편으로는 우락부락한 일꾼들이 있었다.

다들 일행이 함께하고 있는 것이다.

"우 형하고 마시자고 할까? 이 근처에서 부르면 온다고 했던 것 같은……."

아무렇지도 않게 뱉은 말.

그것이 벼락처럼 머리를 관통했다.

청월은 말을 다 잇지 못하고 멍하니 탁자를 응시했다.

방금 매우 중요한 단서가 스쳐 간 느낌이 들었다.

그는 공력을 이용해 취기를 단번에 날렸다.

발그레했던 얼굴은 금세 밝아졌고 눈에도 총기가 돌았다.

이제는 감성이 아니라 이성에 능력을 발휘해야 할 때였다.

"맞아. 우 형이 있었지."

청월은 탁 하니 무릎을 쳤다.

그 소리는 주변에 시선이 쏠릴 만큼 커다랬다.

평소라면 머쓱해하며 사과를 했겠지만 지금은 그럴 여력이 없었다.

흑룡회와 접촉한 중요한 단서를 발견한 것이다.

"언제 시간이 되면 우행으로 오라고. 천마객잔이 단골인데 거기 오면 내가 거하게 쏠게."

"우행이면 너무 멀지 않나요? 안 계시면 어떻게 하죠?"

"걱정 붙들어 매. 나는 거기 하루 종일 있는 인간이니까 말이야."

우영진이 껄껄거리며 웃었다.

"맞아. 천마객잔이야."

청월은 힘차게 고개를 끄덕였다.

비상을 다투는 시각이라 그가 객잔에 있을 가능성은 높지 않았다.

누가 뭐래도 흑룡회는 벼랑 끝에서 버티는 상황이니까.

하지만 지금은 그곳 외에는 가볼 곳이 없었다.

또한 우연인지 필연인지 이곳이 바로 우행이 아닌가.

"저기 물을 게 있는데요."

"말씀하세요."

주인이 심드렁한 표정으로 말했다.

"혹시 도시에 천마객잔이라고 있나요?"

"천마객잔이라……."

주인이 천장을 보며 생각에 잠겼다.

마치 그가 머리 굴리는 소리가 귀에 들리는 듯도 했다.

어쩌면 그의 한마디로 기나긴 여정이 끝날 수도 있었다.

대답을 기다리는 시간이 청월에게는 억겁과도 같았다.

"못 들어 봤는데요?"

"확실한 가요?"

"뭐. 그렇게 이야기하면 조금 걸리기는 하는데."

주인이 머리를 긁적이며 말을 이었다.

"도시에 있는 객잔은 다 알고 있는데, 그런 이름에 객잔을 들어본 적이 없습니다."

그의 말에 실망을 금치 못했다.

청월의 어깨가 자신도 모르게 푹 가라앉았다. 정적이 감도는 가운데 손님 중 한 명이 말을 꺼냈다.

"어, 난 거기 아는데요?"

"정말입니까?"

청월은 손살 같이 사내에게 접근했다.

"그곳이 어디죠?"

"북쪽 폐가에 붙은 객잔이에요. 겉으로 보기에는 객잔처럼 안 보여서 다들 잘 몰라요."

"감사합니다."

청월은 감사 인사를 한 뒤 일꾼들에 음식 값을 모두 지불했다.

덕분에 흑룡회와 접선할 불꽃이 살아났다.

어쩌면 이 정도는 대접다운 대접도 아니라 볼 수 있었다.

"일어나. 급하게 갈 데가 있어."

청월은 후다닥 이 층으로 올라가 제갈선을 깨웠다.

몸을 흔들어도 모른 척하기에 찰싹찰싹 볼을 때리기도 했다.

"어떤 놈에 새애끼야. 제갈 공자님에 오옥채를 건드리다니."

"정신 차려. 이럴 때가 아니야."

"또 왜에 그래. 오늘은 쉬자고."

제갈선이 얼굴을 찌푸리며 말했다.

입을 열 때마다 진한 술 냄새가 코를 찔렀다. 청월은 코를 틀어 막은 채 말했다.

"잘하면 흑룡회와 접촉할 수 있을지 몰라."

"…수우작 부리는 거 아니지?"

"지금이 그럴 때야?"

"알았어."

청월의 말에 제갈선이 고개를 끄덕였다.

그는 가부좌를 튼 뒤 운기를 시작했다.

청월처럼 취기를 날릴 수는 없었던 탓이다.

일주천을 끝내자 그의 눈에도 생기가 돌기 시작했다.

"앞장서."

"그 말을 듣고 싶었다."

청월은 웃으며 객잔을 나왔다.

마을 북쪽에는 민가가 밀집했다.

대로에는 농기구를 든 농사꾼들과 삼삼오오 모여 시간을 죽이는 아이들이 많았다.

"이런데 흑룡회가 있다고?"

"있다는 게 아니라 있을 수도 있다는 거야."

"…지금 장난치는 거 아니지?"

"그럼 어떡해. 지푸라기도 라도 잡아야 하는 게 우리 처지라고."

청월은 제갈선의 투정을 잠재우고 가옥들을 살폈다.

그러던 중 글씨가 반쯤 지워진 낡은 목 간판을 발견했다.

이곳이 바로 일꾼에게 들었던 천마객잔인 것이다.

청월은 망설임없이 안으로 들어갔다.

객잔은 조용했다.

다 낡은 탁자가 질서 없이 흐트러졌는데 마치 장사를 포기한 주인의 의지를 보여주는 것 같았다.

바닥은 먼지가 가득했으며 담뱃재도 심심치 않게 밟을 수 있었다.

손님은 물론 없었지만 주방에서 고소한 냄새가 풍겼다.

"별일이군. 손님이 올 줄이야."

방운백이 두 사람을 보며 한마디 했다. 그의 시선에는 호기심과 더불어 놀람이 서렸다.

청월과 제갈선이 이번 주 첫 손님이었던 탓이다.

"여기 영업하는 거 맞죠?"

"손님이 있으면 하는 거고 없으면 못 하는 거지."

방운백이 껄껄 웃었다.

"뭘 들 텐가? 참고로 우리 집은 고기 전이 유명하다네."

"그보다 묻고 싶은 게 있습니다."

"뭐지?"

"우영진 형님을 알고 계십니까?"

청월의 말에 방운백에 얼굴이 딱딱해졌다.

그 찰나의 표정 변화를 청월은 놓치지 않았다.

분명 우영진이라는 이름이 그의 가슴을 흔들어 놓은 것이다.

하나 당혹스러운 얼굴은 순식간에 사라졌다.

"아니. 그런 사람은 모르겠는데."

방운백이 어깨를 으쓱하며 말을 이었다.

"유명한 사람인가 보지? 이름 하나로 찾아 돌아다니는 걸 보면 말이야."

"솔직하게 말씀해 주세요. 다 알고 왔습니다."

"…솔직하게 말할 것도 없고, 자네가 뭘 아는지도 모르네. 여기는 객잔이니까 이용하지 않을 거면 썩 꺼져."

방운백이 강하게 나왔다.

버럭 화를 내는 바람에 멍하니 있던 제갈선만 애꿎게 놀랐다.

"……."

"……."

청월과 방운백의 시선이 충돌했다. 그들 사이에서 보이지 않는 불꽃이 타오르고 있었다.

샤르르릉.

차가운 금속성이 객잔에 퍼졌다.

결국 청월이 검을 빼 든 것이다. 그는 방운백의 목덜미에 검을 대고 말했다.

"더 무례한 짓은 하고 싶지 않습니다."

"미친놈. 맘대로 해라. 그깟 칼자루 휘두른다고 해서 쫄 것 같아? 모르는 건 모르는 거다."

방운백이 오히려 배짱을 부렸다.

뜻밖의 저항에 청월의 눈썹이 지렁이처럼 꿈틀거렸다.

그의 협조가 없다면 우영진을 볼 수 없고 또한 흑룡회와의 접촉도 소원해진다.

싸늘한 정적이 이어지는 가운데, 제갈선이 나섰다.

그는 소매를 시원하게 걷어 올리고 객잔 주변을 살피기 시작했다.

"뭐하는 거야?"

"이 객잔 아무래도 수상해. 보통 객잔이랑 구조가 영 다르단 말이지."

제갈선의 시선이 방운백을 향했다.

마치 먹잇감을 추궁하는 듯한 눈빛이었다.

"아저씨, 여기 개조했죠? 그것도 완전히 뜯어 고친 것 같은데."

"그런 건 모른다. 여길 인수한지 얼마 안 됐어."

"허어. 거짓말이 완전 수달 빰치는데요?"

제갈선이 피식 웃으며 말했다.

제갈세가는 기관과 진식에 능통하다.

거기다가 웬만한 건물구조도 훤히 꿰뚫고 있었다.

본래 무공보다는 조직적인 사고에 능한 가문이었으니까 말이다.

그는 객잔에 들어왔을 때부터 이상한 낌새를 느꼈다.

바닥을 이루고 있는 목재도, 설 기둥에 위치도, 천장을 이루는 구조 역시 보통 건물과 달랐다.

이를 바꿔 말하면 모종에 이유로 건물을 뜯어고쳤음이 분명했다.

"청월아. 자세하게 말해봐라."

"뭘?"

"우영진이라는 사람이 너한테 했던 말."

청월은 일운산에서 그와 나눴던 대화를 그대로 전했다.

이를 들은 제갈선은 말없이 고개를 끄덕였다.

"아저씨, 잘 잡고 있어."

그는 객잔 이곳저곳을 살피기 시작했다.

마치 땅꾼이 뱀 소굴을 찾아다니는 것처럼 말이다.

제갈선은 벽과 바닥을 두들긴 뒤 소리를 듣거나 구조물을 일일이 손가락으로 찔러보기도 했다.

"남은 건 주방뿐인가?"

제갈선이 휘파람을 불며 주방으로 향했다.

순간 그는 보고야 말았다. 방운백에 목젖이 출렁하고 움직이는 것을 말이다.

잠시 후 끼이이익 하는 소리와 함께 벽면에 커다란 공간이 생겼다.

향신료와 재료를 얹어놓는 장 뒤에 비밀 장소가 있던 것이다.

"이거 어떻게 생각해요?"

"……."

방운백은 꿀 먹은 벙어리가 되었다.

그저 깊은 한숨과 함께 고개가 바닥에 떨어질 따름이었다.

"비밀 통로가 있다는 건 어떻게 알았어?"

청월이 놀라 물었다.

제갈선의 통찰에 무릎이라도 치고 싶었다.

"객잔 구조도 이상하고 우영진이란 사람이 했던 말도 조금 이상해서 말이지. 항상 객잔에 있다는 말을 바꿔 말하면 말이야.”

제갈선이 뜸을 들인 뒤 말을 이었다.

“객잔이 집이라는 뜻도 되는 거거든. 안 그래, 아저씨?”

“…따라와라. 안내해 주마.”

방운백이 체념한 듯한 표정을 지었다.

그리고 서랍장에서 커다란 열쇠꾸러미를 꺼냈다.

그가 열쇠를 챙기는 중 기다란 끈을 잡아당겼다는 사실을 두 사람은 보지 못했다.

터벅터벅.

방운백이 앞장서고 두 사람이 그 뒤를 따랐다.

나선형에 계단을 따라 내려갈수록 어둠이 짙어지는 기분이 들었다.

마치 어둠에 먹혀가는 것처럼 말이다.

얼마나 걸었을까.

만년한철로 만들어진 철문이 앞을 가로 막았다.

“너희도 깨달았겠지만 객잔은 위장이다. 지하에는 흑룡회에 비밀기지가 있지.”

침묵을 지키던 방운백이 입을 열었다.

“너희는 마령교에 인물인가?”

“아니요. 천하맹 사람입니다. 흑룡회 분들을 보고 의논할 것이 있어서 왔습니다.”

"그런데 우 장로님은 어떻게 알고 있지?"

"일운산에서 본 적이 있죠."

청월의 말에 방운백이 묘한 미소를 지었다.

그는 벽면에 있는 구멍에 열쇠를 꽂았다. 그러자 쿠우우웅 하는 진동과 함께 철문이 열렸다.

"계속 가자고."

세 사람은 철문을 지나 통로를 따라 걸었다.

반각 정도 걸으니 사방이 탁 트인 공터가 나타났다.

공터는 천하맹에 연무장만큼이나 넓었으며 천장에 야명주가 달려 대낮처럼 밝았다.

"……."

"……."

공터에 도착한 순간 두 사람은 똥 씹은 표정이 되었다.

그들을 기다리고 있던 것이 완전무장한 흑룡회 무사였기 때문이다.

그들에 숫자는 얼핏 봐도 이백은 되어 보였다.

또한 흉흉한 살기를 두 사람에게 뿌리고 있었다.

살의로만 사람을 죽일 수 있다면 그들은 이미 목숨을 잃었으리라.

"아저씨, 이거 장난이지?"

"멍청하기는. 네깟 놈들에게 순순히 당해줄 줄 알았느냐?"

말을 마침과 동시에 신법을 밟는 방운백.

그는 청월의 검을 벗어나 무사들에게 합류했다.

"우리는 대화를 하기 위해서 왔습니다. 싸우기 위함이 아니에요."

"호오. 그러셨어? 방금 전까지 검으로 협박하던 건 그럼 애교였나?"

"우 형님을 모른다고 하니 어쩔 수 없지 않습니까?"

"장로님의 이름을 함부로 팔지 마라!"

방운백이 일갈이 공터를 쩌렁쩌렁하게 울렸다.

"보나마나 너희는 꼬랑지를 말고 마령교에 들어간 배신자들이겠지. 이제는 흑룡회에 골수까지 팔아먹을 생각이냐?"

"우리는 천하맹 사람입니다. 마령교와는 상관없어요."

"천하맹 인물이 우 장로님을 알고 있다라? 그것도 상당히 웃기군그래."

"일운산에서 회합을 할 때 인연을 맺었어요."

청월이 당당하게 말했다.

하나 방운백은 전혀 믿기지 않는다는 표정이었다.

오히려 좀 더 그럴듯한 거짓말을 해보라며 부추기는 듯도 했다.

잠시 침묵이 찾아들었고 싸늘한 바람이 공터를 스쳐 갔다.

"천하맹에 청월이 왔다고 전해주시면 알 겁니다."

청월이 간절하게 말했다.

싸우고 싶지 않았다.

양 진형 모두 똑같이 고통스러운 처지였고 공통의 적이 마령교였다.

흑룡회와 싸우는 건 제 살 뜯어먹는 것과 다를 바 없다.

"너희 같은 송사리를 일일이 만나줄 분이 아니니다. 정 보고 싶다면……."

방운백이 뜸을 들인 뒤 말을 이었다.

"송장이 되어서 뵙도록 해!"

그의 손짓에 흑룡회의 무사들이 우르르 달려들었다.

까만 흑의를 입고 접근하는 이백의 흑룡회도.

그들은 마치 먹이를 향해 달려드는 개미떼와 같았다.

그 기세 또한 금방 두 사람을 갈가리 찢어버릴 듯했다.

"흑룡수라진에 위력을 보여주어라."

무사들은 금세 포위진형을 짠 뒤 두 사람을 압박해 왔다.

흑룡수라진.

이것은 고수를 격파하는 데 특화된 진법이었다.

진법을 사용할 경우 무사들은 총 삼진으로 나뉘며 일진과 삼진이 교대로 공격을, 이진은 상대가 탈출하는 것을 막으며 암수를 던진다.

"이거 어쩌냐?"

"일단… 상대를 해야지."

청월이 한숨을 쉬었다. 짧은 대화를 나누는 사이 흑룡회도들은 두 사람과의 거리를 완벽하게 좁혔다.

휘이이이이익.

수십 자루에 검이 동시에 반짝이며 급소를 노린다.

이것은 한마디로 지옥에 발을 디딘 것처럼 아찔한 경험이었다.

"청풍섬!"

청월은 발도에 수법으로 공격을 튕겨냈다.

그의 검로는 바람처럼 넓고 유연했는데 범위에 있는 검들은 힘을 쓰지 못하고 쓰러졌다.

"크으으으윽."

"삼진과 교대한다."

신음과 명령이 교차했다.

이대 이백의 본격적인 싸움이 시작됐다. 공터에서 펼쳐지는 싸움은 그야말로 치열했다.

소굴을 알아낸 청월을 죽이려는 흑룡회원들.

반대로 그들과 정상적인 대화를 나누려는 청월과 제갈선.

이들의 뜻이 충돌하면서 거센 전투에 폭풍이 불었다.

'이대로 가다간… 승산이 없어.'

그는 번뜩이는 검을 튕기며 중얼거렸다.

전황이 좋지 않았다.

그가 맞서는 흑룡수라진은 상당히 튼튼해 파(波)하기가 힘들었다.

무엇보다 무사들의 합이 잘 맞아 빈 공간을 찾을 수 없었다.

'더 큰 문제는…….'

청월은 등에 기댄 제갈선에게 시선을 주었다.

반각을 싸웠을 뿐이지만 죽을 사람처럼 호흡이 가빴다.

또한 검격 하나하나를 받아내는 것도 고통스러워 보였다.

청월이 만만치 않다는 것을 깨닫고 무사들이 제갈선을 집중 공략했던 탓이다.

붙어서 부담을 줄여주고 있지만 그것도 한계가 있었다.

"야, 너답지… 않다."

제갈선이 간신히 한마디 했다. 물론 청월은 빈 문맥을 이해하고 있었다.

"어쩔 수 없잖아. 분탕질을 치면 대화가 안 될 거 아니야."

"그전에… 내가 죽으면 어쩔래?"

"입이 산 걸 보니까 아직 먼 것 같은데."

"…됐다. 됐어."

제갈선이 얼굴을 찌푸리며 검을 휘둘렀다.

이에 가슴과 어깨를 노리던 검이 튕겨져 나갔다.

그는 좀 전부터 방어에만 신경을 쓰고 있었다.

'이젠 어쩔 수 없지.'

청월은 결국 칼을 꺼내들기로 했다.

대화를 할 수 없다면 대화를 하게끔 만들어야 한다.

청월은 천도지체에 힘을 끌어올리며 검에 공력을 담았다.

검기를 머금은 간장과 막야가 보름달처럼 시린 빛을 뿜어냈다.

"돌풍섬."

청월의 검이 커다란 원을 그렸다.

거기서 뿜어내는 풍압과 공력에 일진에 무사들이 휘청거렸다.

진법에 처음으로 구멍이 생긴 것이다.

청월은 그 틈을 놓치지 않았다.

그의 바람 같은 신형이 적 틈바구니로 파고들었다.

이번 공격으로 진형을 흐트러놓은 뒤 포위된 형세를 벗어난다.

이것이 그의 계획이었다.

그런데 바로 그 순간이었다.

쐐에에에에엑.

파공성과 함께 누군가가 접근했다.

상대는 강력한 공력을 폴폴 풍겼는데 마치 내가 너에게 간다라고 알려주는 듯했다.

문제는 상대가 그 자신감 만큼에 실력자라는 데 있었다.

어설픈 대응을 했다가는 분명 큰 손해를 보리라.

"열풍섬!"

"흑영파천무!"

커다란 외침과 함께 검과 권이 충돌했다.

공력이 엉키면서 광풍이 불어왔는데 주변에 있던 누구도 눈을 뜰 수가 없었다.

희뿌연 먼지가 걷히고 상황이 정리되는 가운데.

청월은 상대가 누구인지 알아보았다.

"형님."

"어… 청월이? 네가 여긴 웬일이냐?"

우영진이 토끼 눈을 하고 청월을 바라보았다.

바깥이 소란스러워 나오니 수하들과 어떤 잡것들이 싸우고 있었다.

도와주려고 권을 썼는데 알고 보니 상대가 청월이었다.

"일운산에서 약속한 거 기억나세요? 술 얻어먹고 싶으면 오라고 하셨잖아요."

"아, 참 그런 말을 했었지. 근데 참 멀리서도 왔구나."

"보고 싶었거든요."

"얼씨구. 거짓말 한 번 잘하네."

두 사람은 서로를 보며 피식 웃었다.

예상치 못한 만남은 때로 사람의 마음을 흔들 때가 있었다.

"아저씨, 이제 당신이 무슨 짓을 했는지 알겠어?"

제갈선이 검을 거두고 방운백을 응시했다.

방운백에 얼굴은 금세 화덕처럼 달아올랐다.

"운백아, 손님접대가 너무 후한 거 아니냐? 내 친구에게 흑룡수라진이라니 말이야."

"그… 그게… 얼마 전에 간자를 잡은 일도 있고 해서. 영락없는 배신자 놈들인 줄 알았습니다."

"어허, 그럼 미리 보고를 했으면 좋았잖아."

우영진이 손가락을 꺾으며 그에게 접근했다.

운백의 얼굴은 파랗다 못해 하얗게 질려갔다.

"그… 그게… 장로님은 낮잠을 방해 받으면 화를 내시니까."

"또 내 탓이다. 이거냐?"

"아닙니다."

분위기가 흉흉해지는 가운데 청월이 나섰다.

"갑자기 들이닥친 저희 잘못도 있죠. 너무 야박하게 꾸짖지 않으셔도 돼요."

"그래도 흑룡수라진이면 너무 과한데……."

"언제까지 세워 두실 거예요? 한 잔 하셔야죠."

"알았다. 너 운 좋은 줄 알아."

우영진은 방운백에 어깨를 쿡쿡 찌른 뒤 공터를 벗어났다.

그리고 그 뒤를 청월과 제갈선이 따랐다.

방운백은 이를 끝까지 지켜보며 한마디 하지 않을 수 없었다.

"왜 매일 나만 가지고 그러는 거야?"

그는 공터에 놓은 잔돌을 걷어찼다.

위에서는 걷어차이고 아래에서는 들이 받치는 중급 간부의 신세가 딱 그 정도이리라.

*　　*　　*

석양이 술잔을 물들였다.

세 사람은 창가에 앉아서 술을 주고받았다.

술은 우영진이 오랫동안 감춰두었다는 산삼주를 마셨고 안주로는 천마객잔에 간판인 고기 전이 나왔다.

상은 조촐했지만 옛 지인과 재회했다는 사실이 술맛에 풍미를 더했다.

"잘 지내고 계시는 것 같아요."

청월이 먼저 운을 뗐다.

우영진에 안색도 좋았고 말하는 투에서도 별로 그늘이 느껴지지 않았다.

흑룡회가 무사하다는 사실에 안심을 하지 않을 수 없었다.

"뭐. 그럴 수밖에. 누군가를 탓하거나 속을 끓이고 있으면 다 내 손해 아니겠어? 싫어도 좋은 척, 힘들어도 견딜 만한 척 하는 거지."

우영진은 그렇게 말하고 술잔을 내밀었다.

채애애애앵.

술잔이 충돌하면서 맑은 소리가 퍼졌다.

세 사람은 단번에 잔을 비웠다.

쌉쌀한 산삼주에 곁들이는 고기 전은 생각보다 조화로웠다.

"흑룡회 상황은… 어떤가요?"

청월이 조심스럽게 물었다. 그들의 절망적인 상황을 생각하면 실례되는 질문일 수 있었다.

"개판이지 뭐. 회주님도 죽고 우리 쪽 간판 무사인 화룡천도 죽었다고. 그것도 마령교 교주와 일대일 승부에서."

우영진이 한숨을 쉬며 말했다.

"솔직히 어떻게 해야 할지 모르겠다. 최고장로님도 그것 때문에 골머리를 썩고 계시고. 너희는 어떠냐?"

"저희도 맹주님이 돌아가시고 위태로운 상황입니다."

"하긴 너희나 우리나 오십 보 백 보겠지."

세 사람에 잔이 다시금 부딪쳤다.

달기만 했던 술 맛이 조금씩 써지기 시작했다.

일운산에서 통합의 길을 완성하고 술을 마셨다면 아마 가무까지 깃들여서 술판을 벌이지 않았을까.

청월은 문득 그런 생각도 했다.

잠시 정적이 흐르는 데 우영진이 운을 뗐다. 그의 시선에 예기가 돌기 시작했다.

"이제 본론을 말해봐. 정말 술만 얻어먹으려고 오진 않았을 거 아니야."

"그럼 말씀 드릴게요."

청월이 뜸을 들인 뒤 말을 이었다.

바로 이 말을 꺼내기 위해 그 고생뿐인 여정을 헤쳐 왔다.

반드시 가시적인 결과를 얻고 돌아가지 않으면 안 됐다.

천하맹을 위해서도, 무림에 미래를 위해서라도.

"천하맹이 마령교를 치는데 도와주세요."

"…진심이냐? 마령교와 싸우겠다고?"

자신도 모르게 목소리가 높아졌다.

우영진은 어이가 없어서 하마터면 혀를 씹을 뻔했다.

이게 무슨 귀신 씻나락 까먹는 소리란 말인가.

"흑룡회를 흡수하면서 마령교가 얼마나 커졌는지 알지? 내가 봤을 땐 기습을 해도 승산이 없어."

그는 단호하게 대답했다.

"게다가 너희는 그놈들을 막는 것도 벅차잖아. 공격할 여력이 돼?"

"그렇다고 이렇게 손 놓고 있을 수는 없어요."

"맞습니다. 기회를 노리고 싸우다가 죽느냐, 아니면 말라서 죽느냐 그 차이밖에 없어요."

제갈선이 한마디를 덧붙였다.

우영진은 신음을 뱉더니 조개처럼 입을 다물었다.

두 사람이 하는 말도 확실히 일리가 있다.

지금 같은 기세라면 마령교는 곧 무림을 완전히 손에 넣을 것이다.

하지만 상대와 싸우려면 힘을 기르지 않으면 안 된다.

"어설프게 덤벼들었다가 너희나 우리나 뿌리채 뽑힐 수도 있어."

"하지만 이젠 모험을 하지 않으면 얻을 게 없어요."

"흑룡회와 천하맹이 뭉치면 꽤 할 만한 싸움이 될 겁니다."

제갈선이 말을 이었다.

"무엇보다 마령교에 덩치가 커진 건 흑룡회를 흡수했기 때문이죠. 막상 싸움이 벌어지면 흑룡회가 다시 그 세력을 흡수할 수도 있어요."

"흡수라……."

우영진이 턱을 쓸어내렸다. 무언가를 생각하는 듯 시선이 천장을 향했다.

"쉽지 않은 판단이라는 건 압니다. 하지만 재고해 주세요. 이 기회를 놓치면 언제 마령교와 상대할 수 있을지 몰라요."

"…너희 말을 듣고 보니 패기가 끓어오르긴 하는구나."

우영진의 얼굴에 미소가 스쳤다.

두 청년의 열정이 전염됐는지 그에게도 투기가 솟구쳤다.

함을 숭상하는 흑도 무리가 언제부터 땅굴에 숨어 살았단 말인가.

그뿐만이 아니었다.

흑룡회 전체에 팽배한 무력감과 절망감도 그는 마음에 들지 않았다.

뜨거운 마음으로 모두가 하나 되어 문제를 해결하는 모습이 보고 싶기도 했다.

"너희 말에는 상당히 동의한다."

"그럼 들어주시는 거예요?"

청월과 제갈선의 눈이 반짝거렸다.

"문제는 나 혼자서 결정할 문제는 아니라는 거지. 최고장로님과 함께 의논해 봐야겠다."

"최고장로님은 어디 계시죠?"

"멀리서 찾을 것 없다."

걸걸한 목소리가 퍼지고 세 사람의 시선이 모두 한 곳을 향했다.

화려한 장포를 입은 노인이 이쪽으로 오고 있었다.

회주가 세상을 떠난 지금 흑룡회에 우두머리가 된 최고장로 만천악이었다.

그는 청월과는 철혈문에서 인연을 맺기도 했다.

“오랜만이구나.”

만천악의 시선이 두 사람을 훑었다. 차갑지도 따뜻하지도 않은 매우 복잡한 눈빛이었다.

“안녕하십니까? 장로님.”

청월과 제갈선이 포권을 하며 인사했다.

“너희 이야기는 다 들었다. 마령교를 치는데 흑룡회에 힘이 필요하다고?”

“네, 마령교를 제거하지 않으면 중원의 미래는 없습니다.”

청월의 말에 만천악이 신음을 흘렸다.

이제 그의 한마디로 인해 여정의 마지막이 결정될 것이다.

흑룡회와의 연합을 성사시키고 돌아갈 것이냐, 아니면 빈손으로 돌아가게 될 것이냐.

“흑룡회는…….”

만천악이 뜸을 들인 뒤 말을 이었다.

“천하맹에 제안을 거절한다.”

담담한 목소리가 객잔에 울려 퍼졌다.

찰나의 순간이었지만 모든 것이 억겁처럼 느껴졌다.

마치 만천악에 어조와 단어 하나하나가 귓속으로 파고드는 것 같았다.

하늘이 무너지는 기분이었다.

* * *

달밤이었다.

두 명의 사내가 야산을 돌아 걷고 있었다.

앞장을 선 중년인도 그 뒤를 따르는 청년도 약속을 한듯 입을 열지 않았다.

그들은 오로지 달빛에 배웅을 받으며 길을 따를 뿐이었다.

마치 고승들이 묵언 수행을 하는 것처럼.

휘이이이이잉.

이따금 바람 소리가 정적을 깨뜨렸으며 호기심 많은 부엉이가 그들을 눈짓하기도 했다.

그래도 침묵은 깨지지 않았다. 오히려 견고한 벽처럼 더욱 두꺼워질 뿐이었다.

얼마나 걸었을까.

두 사람 앞에 커다란 호수가 펼쳐졌다.

호수에는 깊은 어둠이 내렸는데 그 중앙에 달이 떠올랐다.

늦은 시각이라 그런지 근처에 있는 건 두 사람뿐이었다.

"자네와 나는 인연이 있나 보군."

만천악이 운을 뗐다.

그의 시선이 왠지 별빛처럼 은은했다.

"정파와 사파라는 전혀 다른 가죽을 쓰고도 이렇게 자주 마주치는 걸 보면 말이야."

"…그럴지도 모르겠습니다."

"암. 천리(天理)라고 말하면 과장이지만 어쨌거나 범상치 않은 관계일 것이야."

그 말을 끝으로 다시 침묵이 흘렀다.

청월은 기다리고 기다렸다.

만천악이 연합에 관한 이야기를 꺼내기를 말이다.

형님으로 지내는 우영진과 흑룡회주를 같은 방식으로 다룰 수는 없었다.

제안을 받아들여달라고 조른다면 오히려 그것이 천하맹에 숨통을 조이게 될지 모른다.

"그래도 의외였어. 천하맹에서 마령교를 치자는 제안을 할 줄이야."

만천악이 턱을 쓸어내리며 말했다.

"지금 맹주 자리는 누가 맡고 있지?"

"개방의 방주께서 대행하고 있습니다."

"괜찮은 선택이군. 그 사람과는 대혈전에서 마주친 적이 있는데 털털하고 정의감을 갖춘 인물 같았지. 이번 임무도 그가 내린 건가?"

"네, 흑룡회와 연합이 가능하다면 반드시 마령교를 치겠다고 하셨습니다."

청월이 당당하게 말했다.

자신이 천하맹주에 사자(使者)임을 드러내는 것이다.

"하지만 말이야. 우리는 천하맹을 도울 수 없어."

만천악에 눈빛이 변했다. 그의 시선은 차가웠으며 어조는 단호했다.

"흑룡회에 상황이라면 그쪽도 잘 알고 있지 않나? 비유하면 우리는 죽기 직전에 전장에서 빠져나온 병사다. 다시 전투에 참여했다간 죽고 말겠지."

"……."

"네 눈빛은 아니라고 말하는 것 같군."

"솔직히 말씀드리면 그렇습니다."

청월이 말을 이었다.

여기까지 온 이상 절대로 물러설 수 없었다.

흑룡회와 연합하지 못하면 중원은 결국 마령교에 손아귀에 떨어지리라.

"마령교에 위세는 나날이 커져 가고 있습니다. 분명 나중에는 손을 댈 수 없을 만큼 강해질 겁니다. 그러니 기회는 지금뿐입니다. 부디 힘을 빌려주세요."

청월이 간청했다.

"이번이 세 번째야. 더 이상은 말하고 싶지 않군."

"……."

"흑룡회는 천하맹을 도울 수 없다."

만천악에 말은 검이 되어 가슴을 베어냈다.

그 충격으로 청월의 몸이 한순간 휘청거렸다.

만천악에 시선은 더 이상 그에게 머물지 않았으며 귀도 닫아버린 것처럼 느껴졌다.

침묵이 깊어지는 가운데 만천악이 운을 뗐다.

"복수를 하기 위해선 살아 있어야 해. 치욕을 감수하고서라도 말이지. 지금 흑룡회 최고의 신조는 살아야 한다는 것이야. 마령교 놈들의 심장에 비수를 박아 넣을 때까지."

그의 손이 부르르 떨렸다.

얼음장 같던 그가 처음으로 감정을 보인 것이다.

그 역시 가슴속에서는 불꽃이 타오르고 있는 게 분명했다.

"다만 마령교를 치겠다는 천하맹에 뜻은 존중한다."

"그것은… 무슨 뜻입니까?"

"같이 싸우지는 못하겠지만 길을 알려주마. 마령교를 처부

술 수 있는 길을."

만천악의 말에 나뭇가지와 수풀이 바르르 몸을 떨었다.

필시 바람 때문이었겠지만 청월에게는 그것이 최고장로의 말 때문인 것처럼 느껴졌다.

"너를 애써 여기까지 부른 것도 그 때문이지."

만천악이 뜸을 들인 뒤 말을 이었다.

"이곳 호수에는 지하수로가 있다. 반각 정도 헤엄을 치며 마령교 지하에 있는 동굴에 닿을 수 있지."

만천악에 말이 망치처럼 머리를 때렸다.

청월은 머리가 새하얗게 비어 아무런 생각도 할 수 없었다.

만천악은 청월에 반응을 즐기는 듯 보였고 담담히 말을 이었다.

"이 사실은 죽은 흑룡회주와 나밖에 모른다. 아니, 이젠 셋이 됐군."

"그걸 말씀해 주시는 까닭은……."

"왜일 것 같나?"

만천악이 되물었다. 청월은 그 의도를 파악하고 천천히 운을 뗐다.

"천하맹이 기습할 길을 알려주신 겁니까?"

"그렇다. 함께 싸울 수는 없지만 형편없이 패배하는 꼴은 면하게 해주겠다는 거지."

"확실히……."

청월은 뒤늦게 정신을 차렸다.

마치 허공에 떠 있던 영혼이 다시 육신에 자리 잡은 느낌이었다.

만천악에 조언은 전장에서 결정적인 역할을 할 것이다.

마령교의 입장에서 비유를 하자면 이랬다.

집에서 낮잠을 자는데 한 무리 괴한이 갑자기 발밑에서 튀어나오는 것이다.

문에는 단단한 자물쇠를 걸었고 창문에는 쇠창살이 있는데 그것은 무용지물이 되고 불식간에 적을 상대하게 되는 셈이다.

분명 허둥지둥 대며 공격을 막기 바쁠 것이다.

"최고장로님에 말씀은 분명히 감사합니다. 하지만……."

"하지만?"

"그래도 천하맹에 병력만으로는 무리입니다."

청월이 단호하게 말했다.

기습에 이점은 초반에만 가질 수 있다.

상대가 대처를 하지 못하는 상황에서 최대한 득실을 가지는 것이다.

하나 마령교에 숨통을 재빨리 끊지 못한다면, 시간이 지나면 지날수록 천하맹이 불리해진다.

적진에서 싸우는 만큼 포위공격이나 예상치 못한 공격에 무너질 수도 있는 것이다.

"기세나 병력에 수를 감안해도 차이가 너무 납니다."

"더 이상 흑룡회를 끌어들이지 마."

만천악이 눈썹이 지렁이처럼 꿈틀거렸으며 언성도 높아졌다.

"누누이 말하지만 더 이상은 안 돼. 완전한 나락에 빠질 수 없어."

그는 장포를 휘날리며 걷기 시작했다.

그 뜻은 명백했는데 더 이상 청월과 할 이야기가 없다는 것이다.

청월이 할 수 있는 건 그저 멍하니 뒷모습을 지켜보는 것뿐이었다.

"최고장로님!"

뒤늦게 입을 열었지만 외침은 어둠 속에 묻혔다.

결국 협상은 결렬됐다.

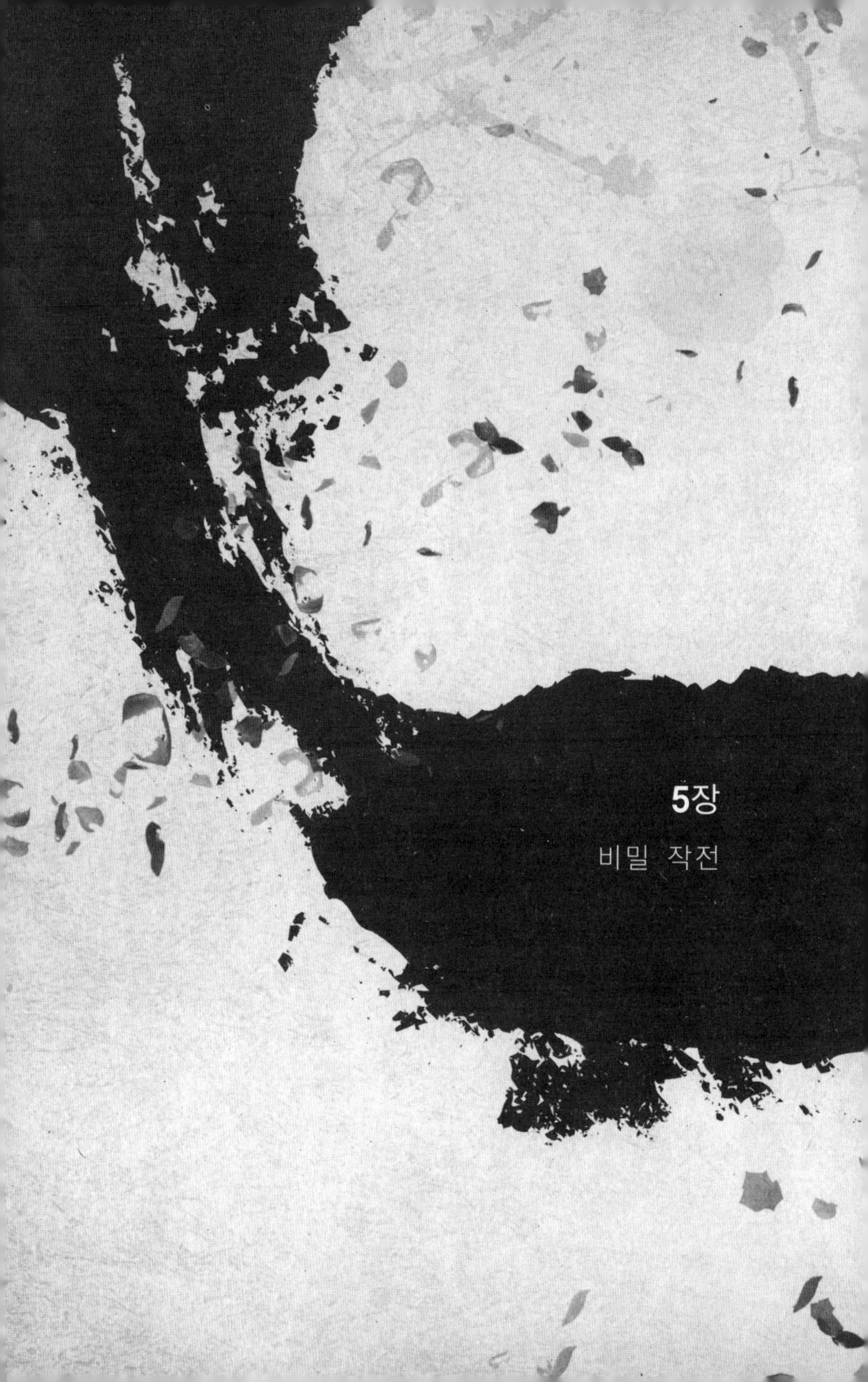

5장

비밀 작전

"날씨 참 좋네."

제갈선은 길을 따라 걷고 있었다.

하늘은 맑았으며 간간이 부는 바람이 머리를 쓸어주었다.

초여름 햇볕도 아직은 애교로 봐줄 만했다.

그리고 그는 겨울보다 여름이 좋았다.

밤보다 낮이 좋았고 조용한 것보다 시끄러운 것이 좋았다.

"뭐, 다 예상대로네."

그는 하늘을 보며 피식 웃었다.

연합을 하기 위해 찾은 천마객잔.

이 근처에 머문 지도 벌써 나흘이 지났다.

흑룡회주는 천하맹에 제안을 일언지하에 거절했다.

청월이 매일같이 최고장로를 찾았지만 그는 청월을 만나주지 않았다.

아쉬운 마음에 우영진에게 하소연을 했지만 그것도 별다른 소득은 없었다.

천하맹과 달리 흑룡회는 수장에 권한이 막강하다.

아랫사람이 발버둥을 친다고 해도 윗사람이 선을 그으면 그만이었다.

즉, 최고장로가 제안을 거절했으니 그 누구도 이를 뒤집을 수 없는 셈이다.

"뭐, 다 알고 온 거지만 말이야."

제갈선의 얼굴에 해맑은 미소가 어렸다.

먹구름이 낀 상황을 전혀 개의치 않는 모습이었다.

그는 진심으로 흑룡회에 입장을 이해했다.

만약 그들이 천하맹과 연합해서 마령교를 쳐부순다고 치자.

그러면 물론 더할 나위 없이 좋은 일이 될 것이다.

자신들에 세력을 유지하면서 흑도에 중심으로 자리를 잡을 테니까 말이다.

문제는 졌을 때다.

안 그래도 없는 무사를 짜냈는데 진다면 조직의 존재 자체가 위태로워진다.

재기도 사실상 불가능해지는 셈이다.

설령 제갈선이 최고장로라 해도 천하맹에 제안은 거절할 것이다.

그만큼 연합에 위험부담이 컸던 것이다.

"이 몸이 나선 이상 그렇게는 안 되겠지만 말이야."

제갈선은 광장을 가로질러 한 가옥을 향했다.

"여기군."

볏짚을 이어 만든 엉성한 담을 지나 마당으로 들어섰다.

마당에는 커다란 새장이 두 개 있었으며 한 사내가 새를 돌보고 있었다.

"누구십니까?"

"미리 연락한 사람입니다."

"아, 네. 이리 오시죠."

청년이 공손한 태도로 제갈선을 맞았다.

청년의 이름은 백칠봉이었는데 흑룡회 소속으로 전서구를 관리하고 있었다.

안 그래도 반 시진쯤에 천하맹 사람이 갈 거라는 연락을 받았다.

"왜 그리 뚫어져라 보시죠?"

"그게… 신기해서요."

백칠봉이 머리를 긁적이며 말했다.

"천하맹 분을 이런 식으로 볼 줄은 몰랐습니다. 사실 얼마 전까지만 해도 우리는 그… 적이었으니까요."

"듣고 보니 그렇군요."

"천하맹 분이 흑룡회에 전서구를 이용한다라. 제게도 뜻 깊은 의미가 될 것 같습니다."

"암. 그럼요. 우리는 함께 마령교를 때려잡을 사이니까요."

제갈선이 껄껄 웃으며 새장에 접근했다. 그리고 검지로 양쪽 새장을 가리켰다.

"전서구를 양쪽으로 분류한 까닭은 뭐죠?"

"아, 오른쪽에 있는 건 천하맹에 가도록 훈련되어 있는 새들이고, 반대쪽에는 흑룡회 아니, 이젠 마령교에 가도록 훈련되어 있는 새들이죠."

"그렇군요. 전서구를 훈련시키는 게 보통 일은 아니죠?"

"무공을 익히는 것이 어렵다지만 이것도 그리 쉽지는 않습니다. 잘못 교육하면 야생으로 가 버리거든요."

백칠봉이 물 만난 고기처럼 입을 열었다.

자신에 일에 관심을 가져준 건 제갈선이 처음이었기 때문이다.

백칠봉은 말했고 제갈선을 들었다.

두 사람에 일방적인 대화는 무려 일각 가까이 이어졌다.

"제가 손님께 지나치게 떠들었군요. 천하맹에 보내실 게 무언가요?"

"간단한 전갈입니다."

"그렇군요."

백칠봉은 새장을 연 뒤 전서구의 발등에 쪽지를 매달았다.

이윽고 전서구가 날개를 휘날리며 하늘로 치솟았다.

"장관이군요."

제갈선은 이를 보며 감탄하는 척했다.

"하하, 그렇게 봐주시니 뿌듯합니다."

"그런데 목이 말라서 말입니다. 물이라도 한 잔 얻어 마실 수 있을까요?"

"안 될 리가 있겠습니까? 잠시만 기다리세요."

백칠봉이 바람처럼 자리를 비웠다.

제갈선은 멀어지는 그를 보며 환한 미소를 지었다. 드디어 활약할 때가 온 것이다.

"자, 어떤 친구가 좋을 까나?"

제갈선이 휘파람을 불며 새장을 열었다.

놀라운 것은 그가 마령교로 향하는 새장을 열었다는 것이다.

그는 백칠봉이 했던 것을 따라한 뒤 새를 떠나보냈다.

아마도 저 짐승은 자신이 어떤 역할을 하게 될지 모를 것이다.

중원의 판세를 가를 초석은 그 어떤 인물도 아닌 한낱 전서구가 될 거라는 것을.

"오래 기다리셨습니다."

잠시 후 백칠봉이 웃으며 나타났다.

제갈선은 물을 단번에 비운 뒤 백칠봉에 눈치를 봤다.

아직 전서구 한 마리가 사라진 건 모르는 듯했다.

집요하게 추궁하면 실수로 새장을 열었다고 하면 되지만 말이다.

"일이 있어서 가보겠습니다. 기회가 되면 나중에 또 찾죠."

"네, 꼭 다시 뵀으면 좋겠네요."

백칠봉에 배웅을 받은 뒤 가옥을 나왔다.

최후에 일전을 위한 첫 번째 착수가 끝났다.

지금부터는 그다음을 준비하지 않으면 안 됐다.

제갈선은 반 시진 정도 걸어 북쪽 산에 도착했다.

뒷짐을 지고 주변을 훑는 것이 영락없는 산책 나온 사람이었다.

"생각보다 괜찮은데?"

제갈선이 중얼거렸다.

그가 눈여겨본 건 산 초입부에 있는 갈대숲과 중턱에 있는 폭포였다.

이 두 가지를 조합하면 제법 재미있는 일을 벌일 수 있으리라.

"당신도 돕는 건가?"

그의 시선이 하늘로 향했다.

하늘에는 먹구름이 끼었으며 때때로 음습한 바람이 몸을 흔들기도 했다.

작전이 실행될 때 즈음이면 비가 올지도 모르겠다.

만약 당일에 비가 온다면 제갈선은 믿어볼 생각이었다.

천도(天道)라는 것이 실제로 존재한다는 것을.

제갈산은 지형을 완벽하게 숙지한 뒤 하산했다.

결전의 날이 다가오고 있었다.

*　　　*　　　*

천마객잔에 온 지도 닷새가 지났다.

최고장로는 여전히 연합을 딱 잘라 거절했다.

청월이 재고해 달라며 거머리처럼 붙었지만 그것도 소용없었다.

그가 고집으로 꺾을 수 있는 인물이었다면 진작 청을 들어 주었으리라.

열 번 찍어 안 넘어가는 나무가 없다는 속담은 아무래도 새빨간 거짓말이었다.

"어쩔 수 없네."

청월이 한숨을 푹 내쉬었다.

더 이상 집요하게 연합을 강요할 수는 없었다. 지금까지 떼를 쓴 것도 상당한 결례였으니까.

이제는 돌아가야 한다.

천하맹에 복귀해서 새로운 계획을 논의하지 않으면 안 된다.

연합은 실패했지만 마령교를 기습할 수 있는 비밀통로를 획득했다.

이를 최대한으로 이용하는 작전을 세워야 한다.

"그나저나 얘는 매일같이 뭘 그렇게 하는 건지?"

청월은 제갈선을 떠올리며 쓴웃음을 지었다.

그는 언젠가부터 혼자서 나돌아 다니기 시작했다.

어딜 가냐고 물어도 의뭉스럽게 씨익 웃을 뿐이었다.

연합이 화두인 시기에 대체 혼자서 무얼 하고 있는지 청월은 이해할 수 없었다.

"차라도 한 잔 할래?"

방운백이 말을 걸었다. 최근 객잔에서 시간을 죽였던 만큼 그와 제법 친분이 싹 텄다.

"주시면 잘 마시겠습니다."

"안 그래도 네 거까지 탔다."

그는 찻잔 두 개를 탁자에 놓고 청월 앞에 앉았다.

잔에서 모락모락 김이 뿜어졌으며 새콤한 매실향이 객잔을 휘감았다.

"맛있네요."

청월은 진심으로 감탄했다.

매실차가 특별한 것은 아니었지만 이상하게도 맛이 좋았다.

"그럴 거다. 이 몸이 차를 만드는 황금비율이 있거든."

"어쩐지 맛이 좀 다르다 했어요."

"그런데 여기는 언제까지 있을 거냐?"

방운백이 화제를 돌렸다.

천마객잔은 흑룡회에 본 거지라고 할 수 있었다.

천하맹 사람이 오래 있어서 좋은 것은 없었다.

"오늘 돌아갈 겁니다."

"오늘?"

"네, 그동안 너무 오래 있었던 같기도 하고. 연합이 불가능하다면 천하맹 단독으로 갈 수 있는 길을 찾아야죠."

"그것도 그렇구나."

방운백이 작게 고개를 끄덕였다.

"동료만 오면 인사를 드리고 바로 갈 생각입니다. 그런데 이 녀석이 대체 어딜 갔는지……."

청월은 말을 다 잇지 못했다.

양반은 못 되는지 제갈선이 나타났던 것이다.

뭐가 그리 신나는지 등장할 때부터 휘파람을 불어댔다.

"기분이 좋아 보인다?"

"오냐. 다 그럴 일이 있지."

"돌아가자. 흑룡회와 연합하는 건 없던 일로 해야겠어."

청월이 담담하게 말했다.

지금 이 상황에서 제갈선이라고 뾰족한 수가 있는 건 아닐 것이다.

그랬다면 진작 그와 함께 최고장로를 설득하려고 했을 테니까 말이다.

"뭐. 그렇게 하든지. 근데 갈 때 가더라도 밥은 먹고 가는 거지?"

"무슨 소리야? 하루라도 빨리 복귀해야지."

"저 친구 말대로 해. 배를 채우고 가는 게 나쁠 건 없지."

"이야. 형님 이 뭘 좀 아시네요."

제갈선의 말에 방운백이 배시시 웃었다.

본래 띄워주는 걸 마다할 사람은 없으니까.

방운백이 두 사람을 탁자에 앉히고 간단한 상을 준비했다.

"요새 뭐하고 다닌 거야?"

청월이 탐탁지 않은 시선으로 제갈선을 보았다.

애초에 이번 작전을 계획한 것이 그였다.

그럼에도 제갈선은 이번 일을 마치 사촌 보듯 멀리했다.

설득에 진을 뺀 건 청월이였으니까 말이다.

"이것저것 많이 했지. 형님이 원래 좀 바쁘잖아."

"…말을 말자. 이제 다 끝난 마당에."

침묵이 흐르는 가운데 점심상이 나왔다.

맛깔나는 생선구이와 시원한 토란국이 입맛을 자극했다.

두 사람은 눈 깜짝할 새에 상을 비웠고 곧바로 객잔 바깥으로 나왔다.

쏴아아아아아.

찌푸렸던 하늘이 기어코 비를 토했다.

그나마 다행인 것은 가랑비라서 그럭저럭 맞아줄 만하다는 점이랄까.

청월은 객잔 처마 밑에서 황망하게 하늘을 응시했다.

"키야, 날씨 한 번 끝내주네."

"장난하는 거니?"

"아니, 진심인데?"

제갈선이 피식 웃으며 청월의 어깨를 두들겼다.

출발 준비를 하는데 뒤쪽에서 인기척이 느껴졌다.

최고장로와 우영진이 몸소 배웅을 나온 것이다.

"두 분이 나오실 필요는 없는데……."

"이 먼 곳까지 왔는데 얼굴도 안 보고 보낼 수는 없지."

우영진이 껄껄 웃었다.

"이번 일을 도울 수 없는 건 유감이다. 하지만 나중에 또 기회가 생기리라 믿는다."

"그동안 폐를 끼쳐서 죄송합니다. 그리고 알려주신 정보도 소중히 사용하겠습니다."

"그래, 천하맹이 마령교를 박살 내달라고 기도해 보마."

청월과 만천악이 한마디 씩 주고받았다.

그런데 인사를 끝내고 출발을 하려는 바로 그때.

놀라운 일이 벌어졌다.

한 늙은 거지와 중년인이 객잔으로 달려든 것이다.

그 순간 청월은 온몸이 굳어버리는 것 같았다.

이곳에 있어서는 안 될 인물이 나타나고 만 것이다.

바로 천하맹주 취걸아와 모용제가 객잔 안으로 뛰어든 것이다.

갑작스런 객에 난입에 만천악과 우영진이 경계하는 태도를 보였다.

"욘석아. 왜 사람을 귀신 보듯이 보느냐?"

"맹주님이… 왜 여기 계시죠?"

"지금 장난하니? 연합이 성사됐다고 전서구를 보냈잖아. 지금 도시 바깥에 천하맹 무사 구백이 대기 중이다."

맹주의 말에 객잔에 분위기가 싸늘해졌다.

모두 얼굴에 찬물을 얻어맞은 것 같은 표정이 되었다.

단 한 사람 제갈선을 빼고 말이다.

"이게 무슨 소리인가?"

"청월아. 최고장로님은 분명 연합은 안 된다고 말씀하셨다."

만천악과 우영진에 표정이 일그러졌다.

하나 사정을 모르는 건 청월 역시 마찬가지였다.

어째서 그런 오보가 천하맹에 흘렀단 말인가.

"분위기가 왜 이래?"

"아무래도 뭐가 잘못된 것 같은데요?"

황당한 것은 취걸아와 모용제 역시 마찬가지였다.

연합이 성사되었다고 하여 간신히 병력을 끌고 이곳까지 왔다.

천하맹이 빈 것을 티내지 않기 위해, 이동 중임을 들키지 않기 위해 얼마나 노력했는가.

그런데 막상 흑룡회에 반응은 싸늘하기만 했다.

기묘한 정적이 이어지는 가운데 제갈선이 운을 뗐다.

"이쯤에서 제가 나서야겠군요."

그는 빙긋 웃으며 문 앞에 섰다.

누구도 바깥에 나갈 수 없다고 시위하는 것처럼.

"우선 맹주님께 한 말씀드리겠습니다. 흑룡회와의 연합은 실패했습니다. 이쪽에 있는 최고장로님은 모험보다는 안전을 택하셨거든요."

"뭐라고?"

"맙소사. 그럼 대체?"

취걸아와 모용제의 표정이 싸늘하게 굳었다.

연합이 실패했으면 조용히 돌아올 것이지 어째서 거짓말을 했단 말인가.

이곳까지 힘겹게 온 무사들에게는 또 무슨 변명을 하고 말이다.

"그럼에도 제가 굳이 연합이 성사됐다고 한 이유는……."

제갈선이 뜸을 들였다.

자리에 모인 이들의 시선이 모두 그의 입에 집중되었다. 과연 그는 대체 무슨 말을 하고 싶은 걸까.

"바로 오늘 흑룡회와 함께 마령교를 칠 것이기 때문이죠."

"…바보 같은 소리!"

만천악이 소리쳤다.

그의 얼굴은 빨갛게 달아올랐으며 이마에 힘줄도 돋았다.

기세를 생각하면 당장 제갈선에 목을 칠 것도 같았다.

"네가 멋대로 흑룡회를 움직일 수 있다고 생각하나? 아니면……."

만천악이 공력을 뿜어내며 말을 이었다.

"여기서 힘 대결이라도 펼치자는 거냐?"

"너 대체 무슨 소리를 하는 거야. 이딴 광대 짓은 그만둬."

청월이 나서서 제갈선을 말렸다. 하지만 제갈선에 표정은 평화롭기 그지없었다.

최고장로에 분노마저 그에게는 한낱 미풍에 불과했다.

지금 상황을 장악하고 있는 건 오직 그뿐이었으니까.

"우리들 공통에 적은 마령교입니다. 지금 천하맹과 흑룡회가 싸우게 된다면 말 그대로 공멸하게 되겠죠."

"잡소리 집어치우고 분명히 말한다. 우리는 마령교를 치는 연합에 참여하지 않아."

"싫어도 하게 되실 겁니다. 왜냐하면……."

제갈선의 얼굴에 처음 미소가 피어올랐다.

그것은 먹잇감을 궁지에 몰아넣은 사냥꾼에 미소였다.

"마령교가 이쪽으로 오고 있거든요."

"……."

"……."

모두가 침묵했다.

아니, 너무 놀라서 말을 할 수가 없었다.

적을 이곳까지 끌어오다니 어찌 그런 발상을 할 수 있단 말인가.

만약 그 말이 사실이라면 조만간 이 도시에는 무림을 대표하는 세력이 모이게 된다.

마령교, 천하맹, 흑룡회가 모두가 말이다.

"아마도 반 시진 안에는 도착할 겁니다. 전서구에 정확한 장소와 회담시간을 보내놨거든요."

제갈선이 말을 이었다.

"흑룡회는 다른 선택지가 없습니다. 천하맹과 함께 마령교에 맞서든가, 아니면 또 다른 은신처를 찾는 것밖에요. 어떻게 하시겠습니까?"

"……."

만천악이 얼굴이 딱딱하게 굳었다.

제갈선의 한 수가 잠들었던 흑룡회를 흔들었다.

이제 안전하게 객잔에 머무는 행동 따위는 할 수 없었다.

그의 말대로 둘 중 한 가지 선택을 해야만 했다.

침묵을 깼던 것은 만천악이었다.

그는 갑자기 객잔이 떠나가도록 웃음을 터뜨렸다. 모두의 시선이 그에게 집중됐다.

"한 방 먹었군."

만천악이 눈가를 훔치며 말을 이었다.

제갈선에 꾀에 완벽하게 당하고 말았다.

연합을 제안하는 것이 아니라 강제하는 수법. 그 발상이 참으로 기발하기 그지없었다.

"마령교가 오고 있다는 건 진짜겠지?"

"물론입니다. 그래야 기습이 더 잘 먹힐 테니까요."

제갈선이 담담하게 말했다.

예상보다 빠르면 빠르지 늦게 도착하지는 않을 놈들이다.

그들은 흑룡회와 천하맹을 잡아먹으려고 혈안이 되었으니까.

"이젠 어쩔 수 없군. 무사들에게 전달해라. 오늘이 마령교에 피를 보는 날이라고."

"최고장로님, 진심이십니까?"

"다시 은신처를 만들 수는 없어. 그랬다간 반드시 마령교에게 걸린다."

"…알겠습니다."

우영진이 서둘러 비밀통로로 내려갔다.

"봤냐. 이게 바로 형님에 지략이다."

제갈선이 팔짱을 낀 채로 으스댔다.

평소에 청월이라면 잘난 척 말라며 딱밤을 날렸겠지만 지금은 그럴 수 없었다.

상황을 이렇게까지 풀어낸 건 분명 그에 역량이었으니까 말이다.

어색한 침묵이 흐르는 가운데 취걸아와 만천악이 인사를 나누었다.

양 진형에 새로운 수장이 처음으로 대면하는 것이다.

"천하맹주 취걸아입니다."

"흑룡회주 만천악입니다."

그들은 계면쩍은 표정으로 악수를 나누었다.

대화를 정상적으로 풀어가기에 상황은 지나치게 급박했다.

"다음 작전은 구상해 둔 게 있겠지?"

"물론입니다. 간단하게 설명드리죠."

제갈선이 말을 이었다.

그의 작전은 한마디로 기만 작전이었다.

우선 연합군 일부 병력이 북쪽 산에 자리를 잡는다. 그리고 접근하는 마령교도들을 상대한다.

"흑룡회에 본 거지가 이곳에 있다. 무사를 더 투입해서 제압해라."

싸움이 격해진다면 그들은 분명 무사를 더 보낼 것이다.

그 틈을 타 주력병력이 비밀통로를 통해 마령교에 안착한다.

이러면 기습과 더불어 적에 병력을 분산시키는 효과를 얻을 수 있었다.

"욘석이 제법 그럴듯한 작전을 세웠군."

"…나쁘지 않아."

취걸아와 만천악이 동시에 고개를 끄덕였다.

적에 일부가 자리를 비웠을 때 연합군이 기습을 한다면 승산은 더욱 높아질 것이다.

"그럼 산에 배치할 병력은 얼마나 되지?"

청월이 물었다.

수비하는 병력이 많으면 많을수록 기습하는 인원이 줄어든다

따라서 그 균형점을 잘 잡지 않으면 안 된다.

"오십 명 정도로 생각하는데? 그것도 절정급 아래로."

"말도 안 돼."

"…진심인가?"

일행들은 너 나 할 것 없이.

마령교도를 그만한 인원으로 감당하는 건 불가능했다.

게다가 절정급 아래라고 하면 무위가 뛰어나지 않은 하급무사다.

"마령교에 심장을 칠 인원이 많아야 하지 않겠어요?

"그건 그렇지만……."

"최고장로님. 무사들을 모두 소집했습니다."

그사이 우영진이 복귀했다.

사상 초유의 정사 연합이 탄생되려는 순간이었다.

제갈선은 그를 보며 씨익 미소를 지었다.

준비가 끝났다면 이제 본격적으로 착수를 둘 차례였다.

무림에 운명을 결정할 수를 말이다.

"백문이 불여일견이라고 하니. 직접 가서 보실까요?"

제갈선이 객잔 밖으로 나갔다.

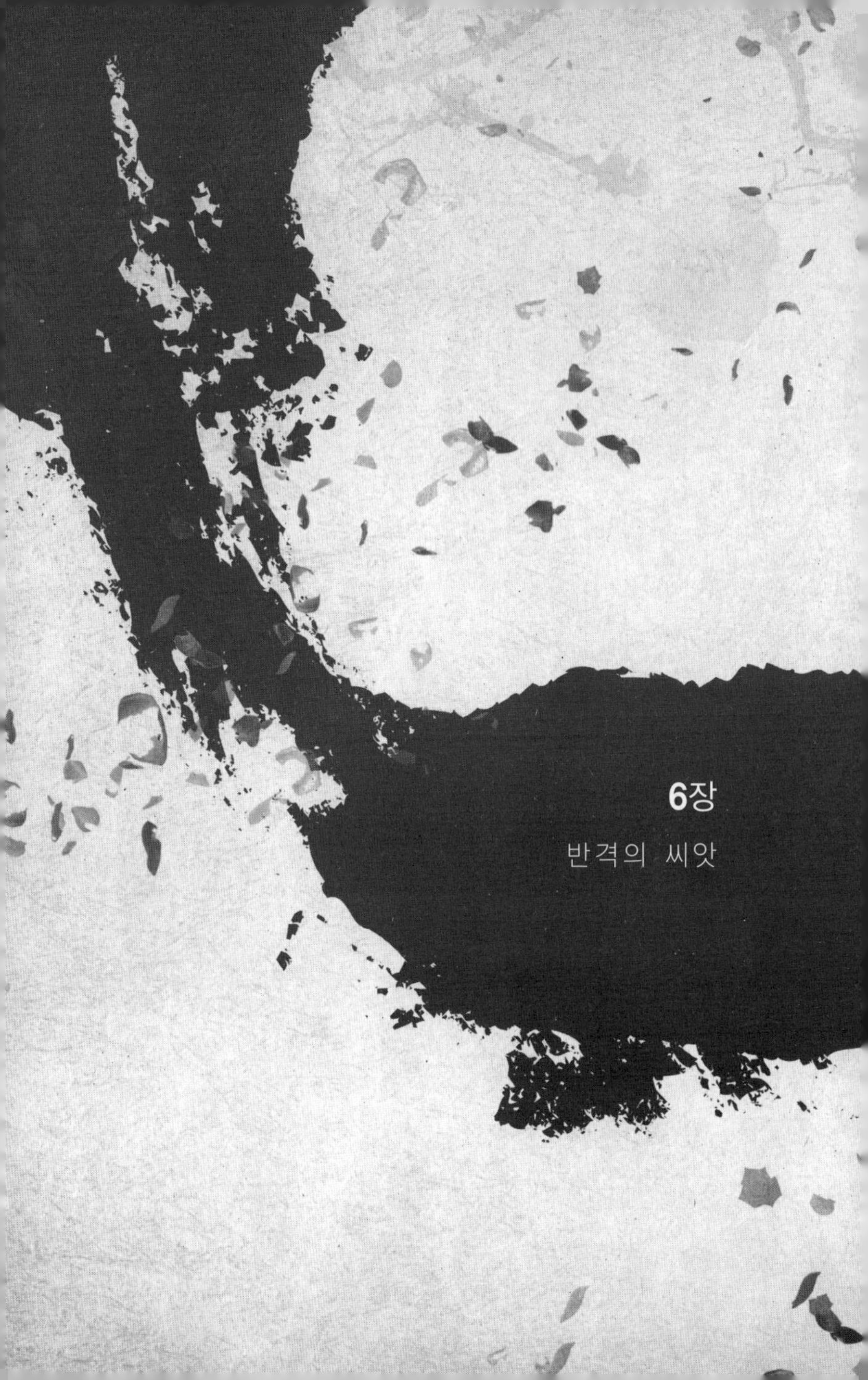

6장

반격의 씨앗

쏴아아아아.

빗줄기는 멈출 줄 몰랐다.

가랑비는 어느새 손가락만큼 굵어졌는데 툭툭 몸을 치는 것이 아플 정도였다.

비가 심술궂게 내리는 가운데 엄청난 인원이 대로를 지나갔다.

그들은 모두 병장기를 착용했는데 얼핏 보아도 천여 명이 넘는 듯 보였다.

"저 사람들은 대체……."

“싸움이라도 벌어지는 건가?”

마을 사람들이 한마디씩 내뱉었다. 그들도 대열에서 범상치 않는 냄새를 맡은 것이다.

“날씨 한 번 끝내주는구먼, 안 그러냐?”

취걸아가 씨익 웃으며 청월을 응시했다.

“마지막 싸움에 어울리는 날씨네요.”

“네 말이 맞다. 하늘은 과연 누구를 위해 울고 있는 걸까? 우리일까? 아니면 마령교일까?”

그의 독백이 빗소리에 묻혀갔다.

우여곡절 끝에 흑룡회와의 연합이 성사되었다.

마령교만 물리칠 수 있다면 중원은 다시 평화를 되찾을 것이다.

모든 것은 앞으로 두 시진 이내 결정되고 마리라.

그는 처음으로 강렬한 충동을 느꼈다.

가능하다면 미래의 한자락을 훔쳐보고 돌아오고 싶은 충동을 말이다.

‘백 소저, 살아 있는 거죠?’

청월은 백예린을 떠올렸다.

이상하게도 그녀를 생각할 때마다 가슴이 욱신거렸다.

그녀가 겪었을 혹은 겪고 있을 아픔에 공명하는 것이다.

맹주에 여식으로 태어난 이후부터 그녀의 삶은 단 한 번도 순탄치 않았다.

'우린 다시 만나야 해요.'

그는 자신도 모르게 주먹을 불끈 쥐었다.

빗줄기와 함께 각자의 생각이 깊어지는 가운데.

선두에 섰던 제갈선이 우뚝 멈췄다. 그가 선 곳은 마을 북쪽에 있는 야산이었다.

"지금부터는 특히 더 잘 따라오셔야 됩니다."

그는 그렇게 말하고 자신 있게 걷기 시작했다.

일행이 산 초입부에 들어서기 시작했다.

하급 무사들은 몰랐지만 절정이상에 무사들은 그때부터 무언가 심상치 않은 기운을 느꼈다.

무언가가 그들의 몸을 옭아매는 느낌이 들었던 것이다.

반각 정도 걸으니 대나무 숲이 펼쳐졌다.

놀라운 것은 숲에 있는 대나무의 크기와 굵기와 높이가 완전히 다 똑같아 보인다는 점이었다.

"대단하군."

"이게 바로 제갈세가에 진법인가?"

취걸아와 모용제가 감탄을 터뜨렸다.

그들은 대나무 숲에 들어서면서부터 낌새를 챘다.

이 숲을 지배하고 있는 건 다름 아닌 강력한 진법이라고 말이다.

그것도 파진세를 알 수 없는 고도에 장치를 쓴 게 분명했다.

대나무 숲을 벗어난 일행을 맞이한 건 안개 지옥이었다.

안개는 마치 구름을 몇 겹이나 두른 것처럼 자욱했으며 한 치 앞도 보기 힘들었다.

"이제 알겠군. 삼십의 무사면 될 거라는 말을."

"네, 게다가 한 시진 이상은 충분히 발을 묶을 수 있을 겁니다."

만천악과 우영진이 대화를 나누었다.

그들의 생각보다 제갈선에 계략은 훨씬 탄탄했다.

어쩌면 오늘 정말 큰일이 벌어질지도 몰랐다.

중원에 패자로 군림하려는 마령교가 모래처럼 스러질지도 모른다.

산 정상에 오르니 안개가 온데간데없이 사라졌다.

"고생했다. 네 덕분에 일이 더욱 수월하게 진행될 것 같구나."

"할 일을 했을 뿐이죠."

취걸아에 칭찬에 제갈선이 머리를 긁적였다.

천룡단에 있을 때는 언제나 괴짜 취급을 받았었다.

하나 오늘만큼은 그도 주인공이 될 자격이 있었다.

"그럼 무사 오십을 붙여주마."

취걸아는 몇몇 무사를 추려서 제갈선에게 편성했다.

그들은 진법에 대한 교육을 받고 마령교도들을 기습하게 될 것이다.

"나도 힘을 보탤 게."

"됐다. 너는 필요 없어."

청월의 말에 제갈선이 훠훠 손을 저었다.

"너는 마령교를 무너뜨릴 사람이야. 여기 있기엔 아까워. 그리고……."

그가 뜸을 들인 뒤 말을 이었다.

"넌 백 소저를 구해와야지. 자기 여자도 못 챙기는 놈이 어디 무림을 구하겠어?"

"……."

"전에도 말했잖아. 사람에게는 각자가 짊어져야 하는 짐이 있다고. 하여간 넌 남의 짐까지 탐내서 큰일이야."

"…알았다. 이곳을 부탁해."

청월이 간신히 한마디를 했다.

제갈선에 따뜻한 말이 그저 고마울 따름이었다.

"죽지 마라."

"당연하지. 난 아직 하고 싶은 일이 많다고."

"그러면 다행이고."

청월은 그렇게 말하고 제갈선에 죽음을 보았다.

스멀스멀 기어오르던 죽음이 만개하기 시작했다.

이대로라면 그는 곧 죽고 말 것이다.

진법 안에서 싸우다가 마령교도들에게 목숨을 잃는 것이다.

"그거 알아? 내가 불사비공이라는 걸 익혔다는 거?"

"…갑자기 뭔 소리야? 불사비공이라니?"

제갈선에 눈이 토끼처럼 커다래졌다. 중차대한 시기에 그런 시시껄렁한 농담을 하다니.

"불사비공이라면 뭐 안 죽는 무공을 말하는 거야?"

"그래, 불사비공을 사용하면 그 사람은 안 죽어."

"뭐 잘못 먹은 거 아니지?"

"그래, 그러니까 가만히 있어 봐."

청월은 제갈선에 등 뒤로 돌아갔다.

그리고 어깨에 손을 얹은 뒤 공력을 불어넣기 시작했다.

그들 사이에서 새하얀 공력이 무럭무럭 피어올랐다.

"뭔가 기분이 이상한데?"

"당연하지. 그게 바로 불사비공에 힘이니까."

청월은 피식 웃으며 말을 이었다.

"죽지 마라. 이번 싸움이 끝나면 넷이서 한잔해야지."

"넷이라면……."

"나랑 백 소저, 너랑 팽 소저랑 같이 말이야."

"그야 물론 좋지."

두 사람이 대화를 나누는 사이 한 무사가 헐레벌떡 뛰어왔다.

"마령교에 병력이 천마객잔을 뒤지고 이쪽으로 오고 있습니다. 대략 백여 명 정도입니다."

"이제 시작인 건가?"

제갈선이 목을 꺾은 뒤 볼을 두들겼다.

이곳으로 최대한 끌어와야 했다.

마령교의 관심도, 병력도, 시간도 말이다.

그러면 그럴수록 기습하는 인원에 성공률이 높아진다.

"잊지 마. 술은 네가 사는 거야."

제갈선이 무사를 이끌고 산을 내려갔고 청월은 말없이 그 뒷모습을 지켜보았다.

부디 그에게 하늘에 가호 있기를 바랄 뿐이었다.

"자, 그럼 갑시다."

최고장로 만천악이 나섰다.

그는 흑룡회에 무사를 이끌고 앞장섰다.

수로와 비밀 굴을 지나는 데는 꽤나 시간이 걸린다.

한 걸음이라도 서두르지 않으면 안 됐다.

연합병력은 어느새 신법까지 밟으며 산을 내려갔다.

빛줄기는 더욱 강렬해졌고 신법을 사용할 때마다 진창이

튀었지만 아무도 불평하지 않았다.

한 식경 정도 지났을까.

일행들에 앞에 호수가 모습을 드러냈다.

본래 잠잠한 곳이었지만 비바람으로 인해 평소보다 난폭한 느낌을 주었다.

출렁이는 물살은 마치 일행에 접근을 거부는 듯도 했다.

"지금부터 호수로 뛰어듭니다. 최소한 일각은 숨을 참아야 해요."

우영진이 쩌렁쩌렁하게 외쳤다.

이윽고 무사들이 오십 명씩 짝을 이루었다. 인원이 많아서 한 번에 수로를 통과할 수 없었던 탓이다.

"이거 큰일이네."

"마령교도가 때문이 아니라 물에 빠져 죽는 거 아니야?"

몇몇 무사가 바르르 몸을 떨었다.

무공을 익혔다고는 하나 그 무공을 물속에서 쓸 수는 없는 법이다.

비로 인해 물살도 거셌으니 잠수하는 것이 두려울 수밖에 없었다.

첨벙첨벙.

무사들이 하나하나 호수로 빠졌다.

그들이 죽었는지 살았는지, 어떤 식으로 수로에 접근하는

지는 알 수 없었다.

"……."

차례를 기다리다 호수를 보는 청월.

그는 물속에 흔들리는 자신을 보며 자조적인 미소를 지었다.

그 시선은 어느새 외면이 아닌 내부에 무언가에 고정되었다.

죽음이 번지고 있었다.

투명한 물속에서 먹이 번지듯이 고요하게 말이다.

그 속도를 생각하면 아마 마령교도와 싸울 때 즈음에 만개하지 않을까 싶었다.

하늘은 이번에도 그의 목숨을 탐내고 있는 것이다.

'이젠 익숙해질 때도 됐지.'

그는 볼을 두드리며 의식을 깨웠다.

언제나 그랬다.

청월은 자신에 죽음을 보는 것이 한 박자 느렸다.

항상 다른 사람을 챙기다가 뒤늦게 죽음을 발견하곤 했다.

이번에도 그 공식은 빗나가지 않았다.

'불사비공이 있으니까 괜찮을 거야.'

생각을 정리하는데 누군가가 어깨를 두드렸다. 돌아보니 팽화련이 있었다.

"청월 공자, 이젠 우리 차례예요."

"벌써 그렇게 됐나요?"

청월은 피식 웃으며 도열한 무사들 옆에 섰다.

이윽고 앞 줄 인원부터 물속에 빠져들었다.

그들이 뛸 때마다 하얀 물줄기가 튀어 올랐는데 꽤나 장관이었다.

청월은 그들을 따라 호수에 몸을 던졌다.

'장난이 아닌걸?'

얼굴이 종이장처럼 일그러졌다.

물이 족쇄처럼 사지를 옥죄여 왔으며 거센 수류(水流)로 인에 몸이 이리저리 흔들렸다.

그뿐만이 아니었다.

눈을 뜨고 있기도 힘들었고 설령 이를 유지해도 앞이 뿌옇게 변해서 잘 보이질 않았다.

당황하는 사이 누군가 그에 소매를 붙잡았다.

청월에 조를 이끄는 우영진이었다.

그는 좀 더 내려오라는 듯 검지로 바닥을 가리켰다.

청월은 이를 따라 호수 아래쪽으로 내려갔다.

아래로 가면 갈수록 물이 어두워졌는데 반대로 수류는 요람처럼 고요했다.

헤엄을 치는 데는 오히려 이 편이 도움이 됐다.

'물속에선 정말 무공도 소용없구나.'

청월은 물살을 가르며 일행을 쫓았다.

호수로 뛰어들고 반각이 지났다.

일행들은 이제 호수 밑에 있는 수중동굴로 접어들었다.

동굴에 들어서자 정말 캄캄해서 아무것도 볼 수 없었다.

눈을 감는 것이나 뜨는 것이나 차이가 없는 정도였다.

한 번도 대면하지 못한 어둠.

숨이 차오르는 고통.

무사들은 하나같이 끔찍한 두려움과 싸워야 했다.

특히 청월에겐 동굴을 지나가는 시간이 더욱 길게 느껴졌다.

그동안 까맣게 잊어버렸던, 어릴 적 익사할 뻔한 일이 생각난 것이다.

'안 돼. 참지 않으면.'

청월은 고개를 저으며 잡념을 물리쳤다. 하지만 그러면 그럴수록 생각을 떨쳐낼 수가 없었다.

넉넉했던 숨도 부족하게 느껴졌으며 팔 다리도 싸늘하게 굳어가는 것만 같았다.

무사들과의 거리가 벌어져만 갔다.

하나 그들 역시 자신만의 고독과 싸우고 있어 청월을 도울 수 없었다.

'더 이상은…….'

의식이 희미해져 갔다.

열심히 물살을 다르던 팔과 다리도 어느새 동작을 멈추었다.

이젠 앞으로 나아가는 것이 무서워졌다.

헤엄을 치면 칠수록 어둠에 잡아먹히는 느낌이 들었다.

그런데 바로 그때였다.

누군가가 팔을 힘껏 잡아당기기 시작했다.

어두워서 주인공을 알 수는 없었지만 그를 끌어내기 위해 용을 쓰고 있었다.

'덕구인가?'

자신도 모르게 그런 생각을 했다.

익사 직전에 목숨을 구해준 것은 바로 그 우직한 하인이었으니까.

'포기할 수 없어. 아직은.'

청월은 뒤늦게 힘을 냈다.

지고 싶지 않았다.

어둠에도, 과거에도, 정적도, 그를 괴롭히는 불안감에도.

그를 끌어주는 힘이 있다면 몇 번이고 힘을 내리라.

청월은 상대에 손을 꽉 쥔 뒤 헤엄을 치기 시작했다.

속도는 좀 전과는 비교할 수 없을 만큼 빨라졌다.

반각 정도 헤엄치니 물 위로 비치는 불빛이 보였다.

그는 남은 힘을 쥐어짜 수면 위로 올라왔다.

"후아아아아아."

가쁜 숨이 터졌다.

청월은 뭍으로 올라와 대자로 뻗었다.

'왠지 모르게 기분이 좋은데.'

얼굴에 꽃처럼 환한 미소가 피었다.

그가 한 일이라고는 어두운 굴을 헤엄쳐서 통과한 것뿐이었다.

그럼에도 세상 모든 일을 헤쳐 나갈 수 있을 것 같은 자신감이 생겼다.

"저를 끌어준 건 팽 소저였어요?"

청월이 몸을 일으키며 말했다. 청월 다음으로 뭍으로 나온 게 그녀였기 때문이다.

"네, 솔직히 출발 할 때부터 불안해 보였거든요."

"그런가요?"

"네."

두 사람은 서로를 보며 피식 웃었다.

그사이 다른 조원들이 차례차례 굴로 진입했고 이윽고 굴은 연합병력으로 인해 가득 찼다.

수중 굴을 통과한 그들에 얼굴은 묘하게 빛나고 있었다.

그들 역시 청월과 같은 경험을 한 듯했다.

사람을 죽이지 못하는 시련은 사람을 강하게 만든다.

청월은 문득 그런 말을 떠올리기도 했다.

"이제 굴을 따라 가면 마령교에 도착할 수 있습니다. 그전에 마령교에 구조를 알려드리겠습니다."

우영진이 나섰다.

그는 검지로 커다랗게 원을 그렸다.

그리고 주먹으로 몇 군데를 쿵쿵 찍어냈다. 마령교 내부에 주요 건물들을 표시한 것이다.

"마령교는 흑룡회에 건물을 그대로 사용하며 인물들도 다수 흡수했습니다. 구조는 크게 변하지 않았을 겁니다."

우영진이 말을 이었다.

"우선 우리가 노려야 할 곳은 크게 두 군데입니다."

그가 가리킨 곳은 남쪽에 있는 건물과 북쪽에 있는 건물이었다.

남쪽에는 장로들이 있는 마령전.

북쪽에는 가장 많은 무사를 수용하는 흑운비각이 존재했다.

"절정급 이상 고수는 모두 마령전으로 이동합니다. 초반에 고수들을 끊어내지 못하면 우리가 불리합니다. 그리고 나머지 인원은 단번에 마령비각을 치면 됩니다."

"저는 그 의견에 반대합니다."

모용제가 손을 들고 말을 이었다.

"그 말인즉슨 무사들을 쪼개자는 말씀 아닙니까?"

"그렇습니다만……."

"적의 덩치가 큰 데 우리들까지 갈라졌다간 각개격파당하는 것 아닙니까?"

모용제의 말에 몇몇 무사가 맞장구를 쳤다.

열세인 상황에서는 힘을 집중하여 적을 물리치는 편이 좋을 수 있었다.

특히나 기습작전을 펼치는 만큼 단번에 적의 목줄을 끊는 것이 나았다.

"제 생각에는……."

모용제가 뜸을 들인 뒤 말을 이었다.

"교주가 있는 마령각을 치는 게 좋지 않을까 합니다."

"마령각이라……."

취걸아와 만천악이 동시에 신음을 뱉었다.

만약 교주의 목숨을 먼저 취한다면 그보다 좋은 건 없었다.

마령교의 사기도 곤두박질칠 게 분명했다.

의견이 충돌하면서 굴에 침묵이 잦아들었다.

양쪽 생각 모두 그 나름에 장점이 있었기에 선택이 쉽지 않았다.

고요함이 일행 모두를 짓누를 때 즈음 취걸아가 운을 뗐다.

"그럼 이렇게 합시다."

그는 아이같이 웃으며 말을 이었다.

"공평하게 다수결로 결정합시다. 지위고하를 막론하고 각자 한 표씩 행사하자 .이겁니다. 지금 이 순간 우리는 천하맹 소속도, 흑룡회 소속도 아닙니다. 마령교를 물리치는 하나의 검일 뿐이오."

"훌륭한 의견입니다. 걸식을 하면 그런 고견을 가질 수 있는 겁니까?"

"한 번 해보시렵니까?"

취걸아와 만천악이 서로를 보며 웃었다.

그들의 웃음은 다른 무사들에게 번져서 굴은 금세 웃음바다가 되었다.

급조되기는 했지만 이 안에 인물들은 운명공동체와 같았다.

"자, 그럼 모용제 부단주에 의견에 찬성하는 사람은 손을 드시오."

취걸아의 말에 새싹이 솟듯 손이 올라갔다.

청월은 그 곁에서 숫자를 셌다.

의외로 절반도 못 미치는 인원이 손을 들었다.

천하맹 인원이 훨씬 더 많음에도 불구하고 말이다.

"다음. 우영진 장로의 말에 찬성하는 사람 차례요."

말하기가 무섭게 무사들이 번쩍 손을 들었다.

얼핏 보기에도 대부분이 우영진에 의견을 따르자는 인원이 많았다.

취걸아는 흐뭇한 표정을 지으며 고개를 끄덕였다.

그는 천하맹 무사들이 자랑스러웠다.

소속에 구애받지 않고 자신의 길을 선택했다는 것.

그것만으로도 그들은 충분히 훌륭한 무사에 반열에 오를 수 있었다.

"우영진 장로에 작전을 따르도록 하겠습니다. 그럼 지금부터 인원을 편성하고 조를 짜겠어요."

취걸아의 말과 함께 무사들이 삼삼오오 모이기 시작했다.

마령전을 향하는 이들은 흑귀조였으며 총 삼백 명이 포진되었다.

여기에 포함된 인원은 무척 화려했는데 취걸아와 만천악은 물론 장무룡, 우영진 등에 고수들이 있었다.

흑운비각으로 향하는 이들은 천귀조였다.

이들에 수장은 모용제가 맡았으며 개별 무위보다는 합진에 능한 무사들이 대거 몰렸다.

'이제 진짜 싸움이 시작되는구나.'

도열한 무사들을 보니 가슴이 두근거렸다.

연합군에 준비는 모두 끝났고 이제 마령교와 맞설 일만 남았다.

무림을 좌지우지할 한판 승부가 턱 밑까지 차오른 것이다.

과연 하늘은 어느 쪽에 손을 들어줄 것인가.

"맹주님."

"무슨 일이냐?"

"저는 포함된 조가 없습니다."

청월이 차분하게 말했다.

무사들이 호명되고 도열하는 가운데 그만이 쓸쓸하게 자리를 찾지 못하고 있었다.

"없기는 왜 없어? 아까 못 들었냐?"

"……."

"넌 구출조다."

취걸아는 그렇게 말하고 청월의 어깨에 손을 얹었다.

"구출조라면."

"예린이를 구하는 구출조란 말이다."

"무림에 존망이 걸린 전투입니다. 제가 빠지면 전력에 큰 손해가 될지 몰라요."

"어허. 그런 걱정은 말아라."

취걸아의 누런 이를 드러내며 웃었다.

"이번 싸움에 홍망을 가르는 건 네가 아니라 하늘이다. 네가 있다고 해서 꼭 이기는 것도, 지는 것도 아니야."

"…알겠습니다."

청월이 고개를 숙여 말했다.

고마웠다.

취걸아는 분명 그의 짐을 덜어주기 위해 이런 말을 하는 것이리라.

백담천이 죽은 지금 청월만 한 실력자가 도움이 되지 않을 리 없으니까.

"흠흠. 그렇다고 늑장을 부리면서 오는 건 아니겠지."

"물론입니다."

두 사람이 대화를 나누는 사이 조 편성이 완전히 끝났다.

공터에는 무사들이 각을 잡고 서 있었다.

대부분 아무 말 없이 병기를 만졌는데 앞으로의 전투를 대비하는 모습이다.

"이제 가보자꾸나."

취걸아가 소매를 걷어 올리며 앞장서서 걸었다.

"마령교를 박살 낼 시간이 왔다."

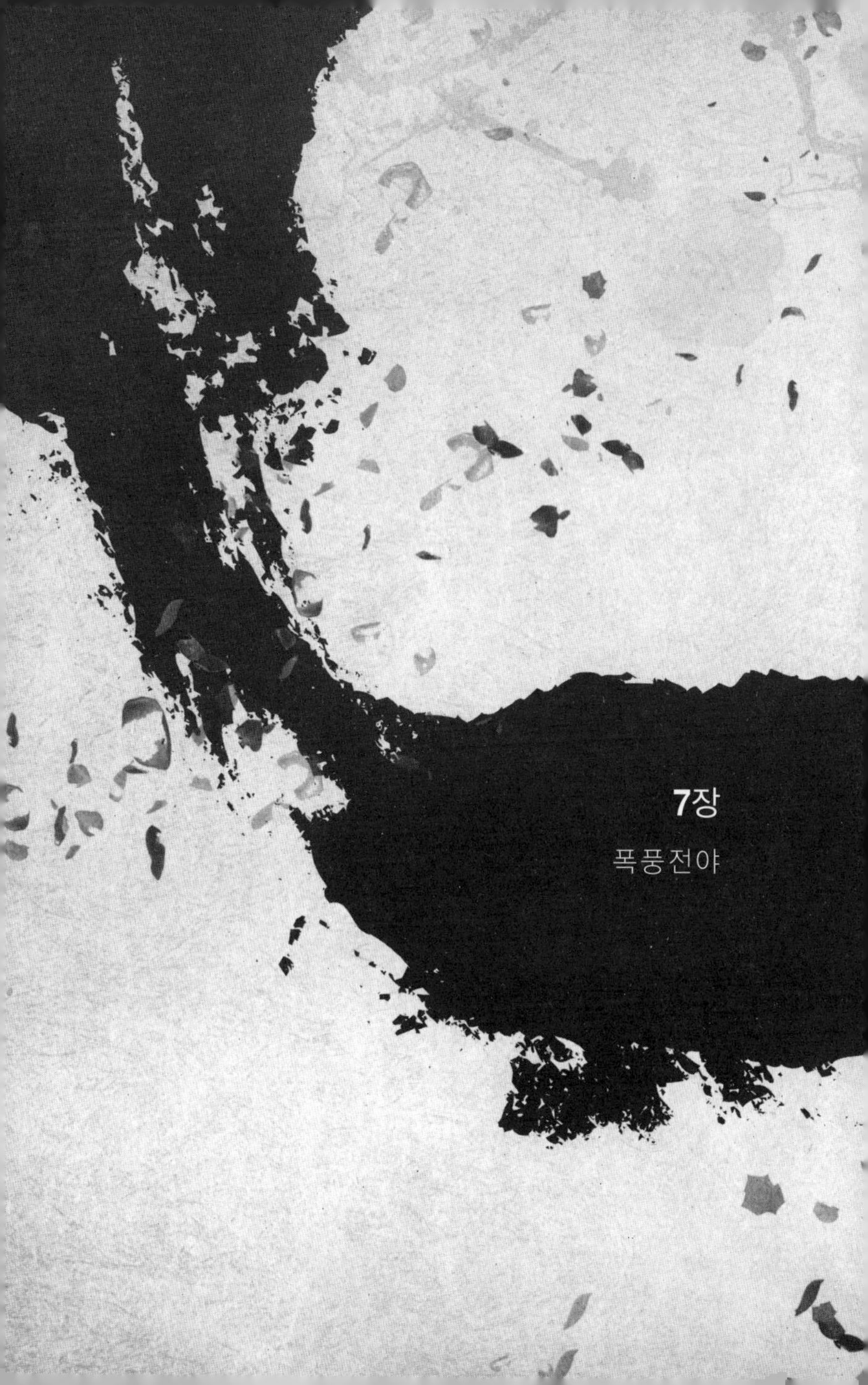

7장

폭풍전야

타다다다닥.

커다란 발소리와 함께 수백의 그림자가 동굴을 가로질렀다.

마령교에 심장부로 향하는 천하맹과 흑룡회에 연합군이었다.

무사들의 얼굴에는 비장함이 감돌았고 희미하게 떨리는 팔에선 긴장한 기색이 느껴졌다.

승리와 패배, 삶과 죽음, 희망과 절망.

그 모든 것이 이번 전투로 결정될 것이다.

가벼운 마음으로 싸울 수는 없는 셈이다.

반 시진쯤 달렸을까.

외길이었던 동굴이 두 갈래로 나뉘었다.

그와 동시에 무사들 역시 너 나 할 것 없이 두 패로 갈라졌다.

속한 조에 따라 가야 할 길이 다른 것이다.

그들은 목적을 이룬 뒤 상대 쪽에 합류하기로 되어 있었다.

"……."

"……."

그들은 아무 말도 없이 헤어졌다.

그저 무운을 비는 눈빛으로 인사를 대신했을 따름이다.

만약에 인사말을 뱉으면 그것이 마지막이 될 것 같았기에.

"구출조에 속한 기분이 어떤가?"

모용제가 말을 건넸다.

전장에 대한 노련미 때문인지 표정에 여유가 보였다.

"어깨가 무겁습니다."

"어허. 예린이가 그렇게 무겁단 말인가?"

농담에 그만 풋 하고 웃음을 터뜨렸다.

청월은 간신히 웃음을 참아냈다.

"여유를 가지고 자신감을 가지게. 자네라면 분명 예린이를 구해낼 수 있을 거야."

"네, 반드시 구하겠습니다."

"내가 보고 싶었던 게 바로 그런 기백이라고."

모용제가 미소를 지으며 어깨를 두들겼다.

이제는 천귀조와도 헤어질 때가 되었다.

청월은 계속 전진을 해야 했고 천귀조는 지상으로 올라가야 했다.

홀로 남은 청월.

그는 신법에 박차를 가하며 더욱 깊은 곳으로 향했다.

그의 목적지는 동쪽에 있는 감옥이었다.

예린이 살아 있다면 그곳에 있을 가능성이 가장 높았다.

"다 왔구나."

나선형을 계단을 오른 뒤 커다란 돌 벽 앞에 섰다.

이 돌만 깨부수면 바로 지상에 닿을 수 있었다.

참아왔던 긴장감이 더욱 깊어졌다.

심장소리는 바로 귓가에서 들리는 것 같았고 손에서도 땀이 났다.

백 소저는 살아 있는 것일까.

진무홍과 마령교를 꺾고 평화를 되찾을 수 있을까.

갖가지 생각과 감정이 엉켜 그를 괴롭혔다.

지금 기분이라면 차라리 길을 거슬러 도망치고 싶기도 했다.

"바보 같은 생각하지 마."

청월이 마침내 검을 뽑았다.

막야가 허공을 가르면서 돌 벽이 우르르 무너졌다.

동시에 주저하고 있던 마음마저도 깔끔하게 정리됐다.

청월은 벽을 지난 뒤 밖으로 나왔다.

하늘은 먹을 바른 것처럼 까맸으며 바람도 난폭했다.

쏴아아아아.

빗줄기도 여전히 지면을 때렸다.

마치 싸움이 끝날 때까지는 멈추지 않겠다고 고집을 부리는 것처럼.

'시작한 건가?'

청월은 몸을 숨긴 뒤 주변을 살폈다.

마령교에 무사들이 부리나케 도열하고 있었다.

허둥지둥 대는 꼴을 보면 이제 막 습격을 눈치챈 듯했다.

시간을 보면 흑귀조가 한창 마령전을 공격할 때였으니까 말이다.

"파리 같은 놈들을 반드시 죽여야 한다."

상급자로 보이는 인물이 교도들을 이끌고 사라졌다.

청월은 그 틈을 타 빠르게 신법을 밟았다.

동료들이 걱정되었으며 또한 돕고 싶은 마음도 굴뚝같았다.

하지만 지금은 백예린을 구하는 것이 우선이었다.

일각 정도 걸으니 다소 낡은 목조건물이 나타났다.

패웅전이라는 목패를 보니 제대로 장소를 찾은 듯했다.

청월은 문짝을 부순 뒤 곧바로 안으로 튀어갔다.

"너는… 누구……."

"설마 이곳까지 침입자가……."

그를 발견한 무사들은 차마 말을 다 잇지 못했다.

말을 마치기도 전에 청월이 들이닥쳤던 것이다.

휘이이이이익.

청월은 신풍문이 자랑하는 쾌풍신법을 밟았다.

그리고 무사들의 혈을 짚어 무력하게 만들었다.

"묻는 말에만 답해."

청월의 말에 무사가 고개를 끄덕거렸다.

"천하맹에서 잡아온 여자 포로가 있을 거다. 그 여자는 지금 어디 있지?"

"지, 지하 일 층 감옥에 있습니다."

"자세하게 말해 봐."

"복도 끝 왼쪽 방에 있어요."

청월은 대답을 들은 뒤 무사를 기절시켰다.

포로가 있다는 말만 들었을 뿐인데 심장이 쿵쾅쿵쾅 뛰었다.

그녀가 백예린인지 아닌지도 속단할 수 없는데 말이다.

청월은 심호흡을 하며 간신히 감정을 억눌렀다.

아직 흥분하기에는 이르다.

그녀의 얼굴을 보기 전까지는 아무것도 끝난 게 아니었다.

기척을 죽이고 지하로 내려갔다.

지하에는 일자로 된 통로가 있었다.

복도는 좁았으며 벽에 걸린 횃불이 위태롭게 춤을 추었다.

몸이 젖어서 그런지, 긴장을 해서 그런지 작은 바람조차 서늘했다.

'어떻게 된 건지? 다 죽은 건가?'

청월은 감옥 안을 살피며 입술을 깨물었다.

창살 너머에는 깊은 어둠이 자라 잡아 아무것도 볼 수 없었다.

또한 기감을 넓혀도 숨소리 하나 잡히지 않았다.

불안감이 엄습했다.

백예린이 벌써 죽은 게 아닐까. 그를 기다리다가 결국엔 비참하게 생을 마감했을지도 모른다.

'정신 차려.'

청월은 마음을 가다듬으며 이동을 계속했다.

오십 보도 채 되지 않을 복도가 이리도 길게 느껴진 것은 처음이었다.

그는 조심스럽게 그녀가 있다고 한 창살 앞에 섰다.

"백 소저."

청월이 조용하게 속삭였다.

하지만 그 울림은 메아리처럼 복도에 퍼져 나갔다.

다시금 그녀를 불러보았지만 여전히 응답이 없었다.

어쩌면 기절을 했을지도 모르는 일이다.

채애애애앵.

막야가 다시금 불을 뿜었다.

동시에 철창이 무너지면서 입구가 열렸다.

바로 저 어둠 너머에 백예린이 있을지 모른다.

청월은 한동안 들어가지 못하고 서 있었다.

수많은 생각과 감정들이 발목을 붙잡았다.

거기에는 장밋빛 미래도 있었지만 먹빛 미래도 존재했다.

지금 그는 안전한 회색지대에 있었고 어쩌면 지금 이 상태가 그 어떤 것보다 최선일 수도 있었다.

고민하던 청월이 마침내 발을 뗐다.

그래도 나아가지 않으면 안 됐다.

인생을 결정하는 것은 행복과 불행에 여부가 아니었으니까.

그것들은 길을 걷다 보면 마주치는 부산물에 불과했다.

그런데 바로 그때였다.

한줄기 싸늘한 한기가 목덜미를 간지럽혔다.

그 불쾌하고 끈적끈적한 감각에 정신이 번쩍 들었다.

휘이이이익.

파공성과 함께 무언가가 접근했다. 청월은 반사적으로 검을 뽑아 이를 막았다.

"크으윽."

절로 신음이 터졌다.

급조된 방어로 적의 강맹한 검격을 막기엔 역부족이었다.

청월은 상대에 검을 이기지 못하고 바닥을 뒹굴었다.

하지만 거기서 끝이 아니었다.

그가 누운 자리로 쉴 새 없이 검이 박혔다.

몸을 굴려 피하지 않았다면 온몸이 벌집 신세를 면치 못했을 것이다.

청월은 틈을 노려 재빨리 감옥을 벗어났다.

바닥에 굴러서·옷이 엉망이 됐으며 머리도 헝클어졌다.

그 모습은 가히 반 거지꼴이라고 해도 이상하지 않았다.

하지만 지금 상황에서 그런 것을 따질 수는 없었다.

'덕분에 살았어.'

그의 시선이 막야를 향했다.

감옥에 들어갔을 때 상대가 펼친 공격에는 검기가 서렸다.

평범한 검이라면 아마 그 검격을 버티지 못하고 숭덩 잘려

나갔으리라.

보검 막야였기 때문에 검기 없이도 검기가 담긴 검을 막아 냈던 것이다.

그는 간장까지 손에 쥐고 양단세를 펼쳤다.

불청객을 맞을 준비를 끝낸 셈이다.

잠시 후 터벅터벅 하는 발소리와 함께 곧 습격했던 이가 모습을 드러냈다.

"잘 지냈나?"

중년 사내가 이죽거리며 말했다.

다른 것은 둘째치고 그 얼굴에 난 기다란 검상이 청월에 눈을 사로잡았다.

그 상처를 안긴 것이 다름 아닌 자신이었으니까.

"왜 말이 없지? 인사 정도는 해야 되는 거 아니야?"

수라검 용해가 목을 꺾었다.

그의 시선에는 이른 바 차가운 분노가 새겨졌다.

증오가 반복되고 그것이 쌓이게 되면 놀랍게도 뜨거운 감정은 유지한 채 냉정한 이성도 유지하게 된다.

분노가 극에 달하지 않으면 이런 경지에 오를 수 없었다.

"어째서 당신이 여기에 있지?"

"왜긴 왜야 네가 못 견디게 그리워서 그렇지."

용해는 그렇게 말하고 껄껄 웃었다.

그의 웃음소리가 소름끼치게 복도를 울렸다.

천하맹과 흑룡회가 기습했다는 소식을 듣고 그는 바로 이곳에 왔다.

청월을 깜짝 놀래켜 주기 위해서 말이다.

"말해. 백 소저는 어딨지?"

"뭐, 여기까지 왔으니 말해주지. 사실은 말이야."

용해가 뜸을 들인 뒤 말을 이었다.

"그년 몸뚱이로 실컷 재미를 본 다음에 죽여 버렸지. 살이 아주 뽀얗고 탱글탱글한 게 그만이더군. 비명을 지르면서 너를 찾는데 무척이나 볼 만했어."

"할 말은 그것뿐이냐?"

청월이 기어코 노기를 터뜨렸다.

그는 검을 휘둘러 풍압을 쏘아냈고 용해는 이를 간단하게 무로 돌렸다.

한차례 대화를 주고받은 뒤 그들 사이에서 차가운 침묵이 피어올랐다.

용해에 실력이 뛰어나다고는 하나 청월과 일대일을 펼친다면 이길 수 없었다.

그는 승리를 믿어 의심치 않았다.

'게다가 말이야.'

청월은 아까 전부터 용해에 죽음을 보고 있었다.

그 역시도 죽음이 만개한 상태였다.

생의 공간은 주먹 한 줌 정도밖에 되지 않았는데 금방이라도 죽음에 짓눌릴 것 같았다.

"나 정도면 혼자 상대할 수 있겠다고 생각하는 모양인데. 그렇게 쉽지는 않을 것이다."

"……."

"나는 오직 이 날만을 기다렸으니까."

말을 마침과 동시에 용해의 몸에 변화가 일어났다.

팔과 다리의 근육이 불끈불끈 솟아올랐으며 피부도 빨갛게 달아올랐다.

주변으로 모락모락 뿜어지는 공력까지 더해지니 그는 마치 악의 화신처럼 보였다.

"이제 싸울 생각이 좀 드나?"

"…마공을 익혔군."

"그래, 내 목숨을 갉아먹는 한이 있더라도 네놈을 죽여야 하니까. 각오해라."

용해가 화살처럼 쏘아졌다.

그는 검기를 머금은 검으로 청월의 어깨를 베어왔다.

검로는 정직했지만 그 위력과 속도는 상상을 초월했다. 청월은 피하지 않고 그대로 맞섰다.

채애애애앵.

금속성과 함께 새파란 불꽃이 튀었다. 두 사람은 몸을 맞댄 채로 힘 대결을 펼쳤다.

'장난이 아니야.'

청월의 이마에 땀이 맺히기 시작했다.

천도지체에 힘을 끌어 쓰고 있음에도 좀처럼 용해를 꺾을 수 없었다.

마공의 위력은 생각한 것보다 훨씬 강력한 듯했다.

"어떻게 된 거냐? 좀 전에 여유는 다 어디 갔지?"

"……."

"우선 네놈의 잘난 낯짝에도 상처를 내주마."

용해가 더욱 공력을 불어넣기 시작했다.

그 힘으로 인해 사지에 족쇄를 찬 것 같은 기분이 들었다.

청월은 이를 떨쳐낸 뒤 휘리릭 검을 비껴냈다.

용해에 자세는 무너졌고 자연히 틈이 생겨났다.

"일진광풍."

담담한 외침과 함께 두 자루의 검이 허공을 날았다.

간장은 용해의 목 부위를, 막야는 용해의 허리를 노렸다.

쌍검술 특유에 현란한 공격이 펼쳐진 것이다.

청월은 장담했다.

이번 검격으로 용해를 꺾을 수 있다고.

제아무리 날고 기는 고수라도 지금 상황을 벗어날 수는 없었다.

'저 웃음은 대체.'

문득 본 용해의 얼굴에 비릿한 미소가 걸렸다.

그래서 다 잡은 싸움임에도 왠지 불길함이 들었다.

그리고 그의 불길함은 그대로 적중했다.

휘이이이익.

바람 소리와 함께 무언가가 등 뒤에서 접근했다.

자연히 배후는 텅 빌 수밖에 없었다.

"혈벽장."

나지막한 목소리와 함께 장법이 날아들었다.

상대는 청월의 왼쪽 어깨를 사정없이 두들겼다.

동시에 통증이 파도처럼 밀려왔고 내부에 진기까지 엉키기 시작했다.

"크으으윽."

청월은 신음을 뱉으며 신법을 밟았다.

추가로 기습을 허용한다면 그야말로 죽음을 면치 못하리라.

다행히 상대는 한 번에 기습으로 공세를 멈추었다.

"너… 너는?"

청월은 난입한 상대를 보고 토끼 눈을 떴다. 그도 용해처럼 구면이었다.

"오랜만이군. 나도 네가 무척 보고 싶었다."

형상준이 손을 꺾으며 말을 이었다.

그를 잡기 위해 용해는 물론 형상준까지 나선 것이다.

짧은 찰나였지만 절망이 온몸을 휘감았다.

청월은 이를 떨쳐내기 위해 이를 악물었다.

"아무리 마공을 썼다고 해도 널 혼자서 잡는 건 무리지. 그래서 친구를 불렀다."

"……."

"그것도 네가 잘 아는 친구를 말이야. 크크큭."

용해가 다시 웃음을 터뜨렸다. 그는 산해진미를 먹는 것처럼 청월의 표정을 음미했다.

"쉽게 당하진 않아."

청월이 당당하게 기세를 떨쳤다.

기습을 당한 어깨가 삐걱거리고 공력이 엉켰지만 그것을 티낼 순 없었다.

그리고 백예린을 위해서라도, 그를 믿어준 천하맹 식구를 위해서라도 이곳에서 쓰러질 순 없다.

"아직도 입이 살았군."

"끝까지 허세라니 보기 흉하군."

용해와 형상준이 한마디씩 했다.

그들은 복도에 양 끝에서 천천히 청월을 압박해 왔다.

마치 청월을 단박에 짓누르기라도 할 것처럼.

"그건 두고 보면 알겠지. 와라."

청월이 검지를 까닥거렸다.

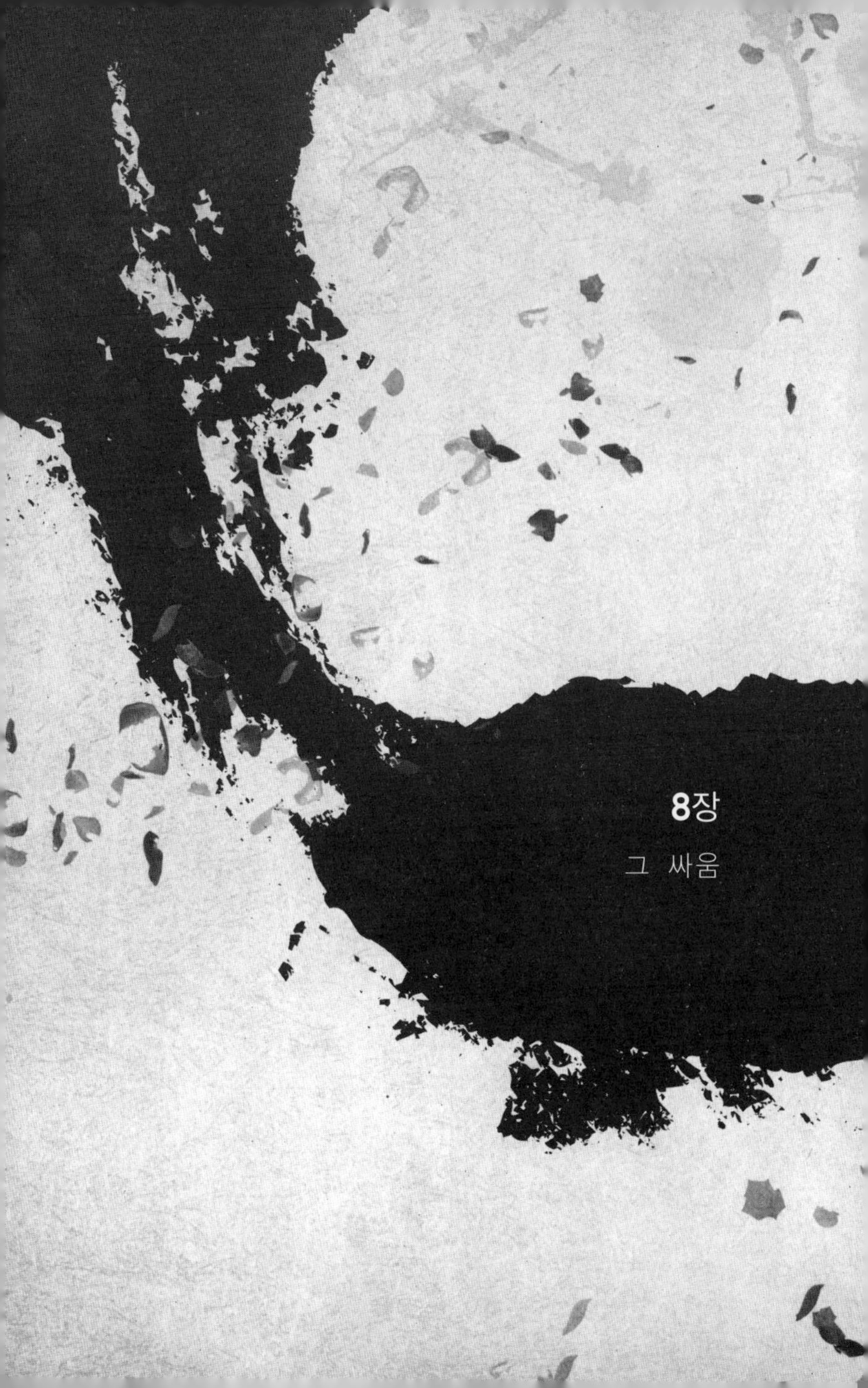

8장

그 싸움

마령교의 감옥.

그것도 사람 두 명이 간신히 설 수 있는 좁은 복도.

그 복도에서 세 명의 고수가 치열하게 수를 주고받았다.

검과 검이, 검과 장법이 어지럽게 엉켰는데 초식이 오갈 때마다 벽이 패이고 파공성이 흘렀다.

이것이 두려웠던 횃불은 그저 몸을 사리듯 애처롭게 일렁거렸다.

"정말 말뿐인 놈이군. 네 실력은 고작 이것뿐이냐?"

"만천문에서 했던 것처럼 설쳐 봐."

용해와 형상준은 정신없이 청월을 압박했다.

그들의 합공은 마치 폭풍과도 같았다.

기세 좋게 휘몰아치는 덕에 역공은커녕 방어를 하는 것도 힘겨웠다.

'젠장. 체력이…….'

청월은 가쁜 숨을 쉬며 검을 놀렸다.

채애애애앵.

간장은 용해에 검격을, 막야는 형상준의 장을 막아냈다.

전투가 지속됐던 일각 동안 쌍검은 단 한 번도 쉴 수가 없었다.

그만큼 치열하고 빡빡한 싸움을 해왔던 것이다.

이대로 가다간 진다.

아니, 반드시 지고 만다.

그러한 생각이 계속해서 귓가를 울렸다.

문제라면 이를 타개할 방법이 마땅치 않다는 데 있었다.

'지형이 너무 불리하잖아.'

청월은 그렇게 소리치고 싶은 것을 참았다.

그가 자랑하는 신풍문의 신법을 이곳에선 쓸 수 없었다.

복도가 무척 좁았던 탓이다.

천장이 낮아서 살짝 뛰기만 해도 머리가 닿았고 통로 폭도 두 사람이 서면 꽉 찰 정도였다.

공간이 넓었다면 신법을 통해 유리한 형세를 잡을 수 있었지만 이곳에서는 불가능했다

그저 순수하게 무력으로 정면과 배후 공격을 막는 수밖에 없는 것이다.

한차례에 공격을 주고받은 뒤 잠시 대치 상황이 됐다.

청월이 죽을상을 한 반면 두 사람은 여유롭게 그를 응시했다.

쥐를 궁지에 몰아넣은 독사에 여유였다.

"벌써 지친 건가?"

"……."

"너 때문에 이를 간 게 하루 이틀이 아니야. 이렇게 무너지면 곤란하지."

용해는 씨익 웃더니 선심을 쓴다는 듯 말을 이었다.

"네가 찾는 계집. 아직 살아 있다."

"백 소저가 살아 있다고?"

가라앉았던 눈이 다시금 빛을 뿜어냈다.

또한 가슴속에 무언가가 피어나는 느낌도 받았다.

청월은 지친 기색을 떨치고 몸을 일으켰다.

반면 용해는 청월의 반응을 보며 다시 깔깔 웃었다.

"그래, 살아 있어. 그것도 아주 멀쩡하게 말이야."

"지금 어디 있지?"

"나를 꺾으면 알려주겠다. 뭐, 그런 일은 불가능하겠지만."

"더 이상의 싸움은 시시하다. 빨리 끝내고 합류하자."

잠자코 있던 형상준이 한마디 했다.

천하맹과 흑룡회가 기습을 한 이상 서둘러 복귀하지 않으면 안 됐다.

용해와 형상준은 마령교에 핵심 전력 중 하나였으니까 말이다.

"알았다. 희망고문도 여기까지 할 참이었어."

용해는 그렇게 말하고 공력을 무럭무럭 뿜어냈다.

그 위압감만으로도 족쇄가 사지를 압박하는 듯했다.

아무래도 절기를 꺼낼 모양이다.

반대편에 있던 형상준 역시 범상치 않은 모습으로 거리를 좁혔다.

길고 험난했던 싸움도 이제 종막으로 향하는 셈이다.

'무언가 방법이 있어야 하는데.'

그는 쥐가 날 정도로 세게 검을 쥐었다.

죽음에 위협이 시시각각으로 접근하는데 이를 타개할 방법이 떠오르지 않았다.

이대로 죽는 건가.

백예린도 다시 보지 못하고 여기서 죽는 건가.

머릿속은 여전히 깜깜했으며 희망의 불빛은 이미 자취를

감춘 듯했다.

고민하고 고민하던 청월.

그는 검을 검집에 도로 넣고 허리에 찼다.

미리 자세를 잡고 있어도 모자란 판에 검까지 거둔 것이다.

하지만 이상한 점은 그뿐만이 아니었다.

청월에 검과 손은 위치가 정반대였다.

즉, 왼손은 오른쪽 검집을 붙잡았고, 오른손은 왼쪽 검집을 붙잡았다.

양쪽 팔이 사선으로 내려간 형태가 된 것이다.

"죽고 싶어서 환장한 모양이군."

"광대답게 죽어라!"

음침한 목소리와 함께 두 사람이 접근했다.

그들은 각자 절기를 펼치며 청월을 압박해 갔다. 그에 목숨은 그야말로 풍전등화가 된 것이다.

눈을 감은 뒤 심호흡을 했다.

지금 펼칠 초식을 실전에서 써본 적은 없었다.

또한 연습을 할 때도 그다지 깔끔하게 완성하지 못했다.

그 이유는 크게 두 가지가 있었는데 하나는 초식을 쓸 상황이 오지 않았던 것이고, 둘째는 검에 문제였다.

선풍검은 다 좋았지만 검 자체가 무거운 편이었다.

그래서 불편한 자세에서 발도를 하면 영락없이 속도가 떨어졌다.

'할 수 있어. 지금이라면.'

청월은 자신을 다독였다.

간장과 막야라면 실패했던 초식을 분명 완성시켜 줄 수 있을 것이다.

복도 끝에서 두 명의 귀존이 달려오는 상황.

실제로는 무척 짧은 순간이었겠지만 청월에게는 영겁처럼 느껴졌다.

마치 천신이 시간을 고무줄처럼 길게 잡아당기고 있는 것처럼 말이다.

"파천멸화장!"

"혈룡승천!"

쩌렁쩌렁한 외침과 함께 절기가 날아들었다.

'지금이다.'

청월은 천도지체의 힘을 끌어올린 뒤 검을 뽑았다.

신풍문에 검법은 바람의 이치에서 시작된 것.

천지만물 중에서 바람보다 빠르고 날카로운 것은 없었다.

그 묘미를 살릴 수 있다면 그 누구에게도 질 이유는 없다.

"받아라."

청월은 쌍룡섬을 펼치며 귀존를 응수했다.

쌍룡섬은 두 자루에 검으로 발도술을 펼치는 초식이었다.

쾌에 중점을 둔 초식이지만 그 쾌로 인해 강력한 풍압과 예기도 발생시킬 수 있었다.

간장과 막야가 검집을 벗어나면서 완성된 쌍룡섬이 펼쳐졌다.

두 자루에 검은 마치 상대에 초식을 잡아먹을 것처럼 용맹하게 달려들었다.

쿠우우우우웅.

공력과 공력이 엉키고, 검과 검이 엉키고, 검과 장법이 엉켰다.

커다란 폭음과 함께 복도는 금세 아수라장이 되었다.

희뿌연 먼지가 통로를 지배했으며 천장에서는 돌 부스러기가 떨어지기도 했다.

"이… 긴 건가?"

청월은 거친 숨을 내쉬었다. 무엇보다도 손끝에 강렬한 감촉이 남아 있었다.

먼지가 걷힌 뒤 용해와 형상준의 모습이 드러났다.

형상준은 가슴을 길게 베인 채 쓰러졌다.

숨을 쉴 때마다 쌕쌕거리는 소리가 났고 입가에는 피가 흘렀다.

성치 않은 건 용해 역시 마찬가지였다.

그의 팔 한쪽은 완벽하게 잘렸는데 텅 빈 어깨에서 쉴틈 없이 피가 뿜어졌다.

"이 몸이 지다니……."

용해가 얼굴을 찡그렸다.

나지막한 음성에는 깊은 패배감이 배어 있었다.

"말해. 백 소저는 어디 있지?"

"원하는 대로 해주마. 크크큭."

용해는 피를 한껏 토해낸 뒤 말을 이었다. 얼굴이 밀랍처럼 하얗게 질려 가고 있었다.

"그년은 여기에 없다."

"그럼?"

"요망한 계집. 청연화가 데리고 있다."

"청연화라면……."

그녀의 이름을 듣는 순간 가슴 한편에서 분노가 치밀었다.

그녀는 청월과 무림을 속이고 마령교에 영혼을 판 악녀다.

그 여자가 백예린에게도 손을 댔단 말인가.

그는 자신도 모르게 뿌드득 이를 갈았다.

"그러면 살아 있다는 뜻인가?"

"비약이 지나치군. 살아 있을 수도, 아니면 주검이 되어 있을 수도 있지."

"말장난하지 마."

"나는 진짜로 모른다. 이 장소를 주선해 준 것도 그년이었으니까 말이야."

용해는 그렇게 말하고 털썩 주저앉았다.

그리고 비명을 지르며 바닥을 뒹굴었다.

그가 멈춘 곳은 통로 중앙에 있던 감옥이었는데 가는 줄이 바깥으로 이어졌다.

고통에 범벅으로 되었던 얼굴에 희미한 미소가 섞였다.

"벌써 모든 게 끝났다고 생각하지 마라."

"무슨 소리지?"

"말 그대로다."

용해가 손가락을 튕기니 철창들이 일제히 쓰러졌다.

놀랍게도 어둠 속에서 폭강시 열구가 튀어나왔다.

"혼자 죽으면 섭섭하잖아? 길동무가 돼주라고."

용해가 바람같이 도화선에 불을 붙였다. 넋을 놓고 있던 청월이 한 방 먹은 셈이다.

신법을 밟아 자리를 피하려했지만 이번에는 형상준이 방해했다.

그는 꺼져 가는 생명의 기운을 자신을 위해 쓰지 않았다. 대신 청월을 붙잡아두는 데 이용했다.

"불꽃놀이가 시작된다."

용해의 웃음과 함께 폭강시가 폭발했다.

뜨거운 열기와 함께 불꽃이 통로를 번개처럼 감싸 나갔다.

쿠르르릉.

감옥이 단 몇 초 만에 주저앉았다.

*　　*　　*

쏴아아아아아.

비가 약해지고 있었다.

손가락만 하던 빗줄기는 다시 가랑비로 변했으며 새까만 하늘에도 드문드문 빛이 보였다.

폭발과 함께 주저앉아 버린 감옥.

굳건하던 돌 벽은 가루가 되었으며 불에 탄 목재들이 흉물스럽게 굴러다녔다.

침묵이 깊게 내려앉은 그곳에서 묘한 미동이 시작되었다.

처음에는 돌이 진동하는 수준이었지만 그 정도가 점차 커졌다.

그러다가 쿵 하는 소리와 함께 잔해가 허공으로 튀어 올랐다.

커다란 구멍에서 몸을 드러낸 건 바로 청월이었다.

헉헉헉헉헉.

그는 초점을 잃은 눈동자로 거친 숨을 쉬었다.

기사회생이라는 말이 지금보다 어울리는 상황은 없었다.

형상준을 떨치는 것이 조금이라도 늦었다면 그도 주검이 됐었을 테니까.

게다가 불길이 일 층으로 번지지 않은 것도 다행이다.

"정말 죽을 모양이군."

청월은 쓴웃음을 지으며 바닥에 주저앉았다.

백예린을 구한 것도 아니고 진무홍과 싸운 것도 아니었다.

그런데 벌써부터 부상은 물론이요, 체력까지 방전되었다.

이래서 어찌 앞을 헤쳐 나갈 수 있을까.

"그래도 가야지."

청월을 볼을 두드리며 각오를 깨웠다.

무림에 정세는 벼랑 끝에 몰려 있었다. 오늘이 없으면 내일도 없는 것이다.

오늘이야말로 가진 모든 것을 털어 내야 하는 날인 셈이다.

타다다다닥.

신법을 밟기 시작하는 청월. 그의 신형은 금세 바람과 동화되었다.

'정말 치열하구나.'

청월의 시선이 마령전을 향했다.

그곳에서는 연합군과 마령교도가 한데 엉켜서 싸움을 펼치고 있었다.

병장기 부딪치는 소리는 천둥 같았으며 비명 소리와 기합

소리도 그에 못지않았다.

이곳을 맡고 있는 건 고수들이 포진된 흑귀조였다.

즉, 이곳의 승패가 마령교와의 싸움에서 분수령이 될 것이 분명했다.

'방주님!'

청월은 우연치 않게 취걸아가 싸우는 것을 보았다.

그는 장무룡과 짝을 이루어 귀존들과 전투를 펼쳤다.

조화경급에 고수들의 싸움은 그야말로 피가 말렸다.

매 순간마다 절초가 충돌했으며 수읽기도 치열했다.

'…금방 돌아오겠습니다.'

한순간 멈추었던 걸음이 이어졌다.

청월은 속도를 높여 현장을 벗어났다.

그가 최우선시해야 할 것은 백예린을 구하는 것이다.

어정쩡한 감정으로 전투에 임할 순 없었다.

일각 정도 달렸을까.

청월은 팔층 높이의 높다란 전각에 도달했다.

입구에는 마령각이라는 문패가 걸렸는데 안을 지키고 있는 무사는 없었다.

아마 연합군을 막기 위해 동원된 모양이었다.

'뭐. 나쁠 것 없지.'

청월은 일 층부터 차근차근 방들을 살폈다.

그의 예상대로 전각은 텅 비었다.

정신없이 구겨진 양탄자와 쓰러진 탁자들 그리고 장식용 무기까지 없어져 휑한 벽면.

당황하며 자리를 떠났을 마령교도들이 눈에 선했다.

"여기뿐인가?"

청월은 문 앞에 서서 심호흡을 했다.

모든 곳을 뒤지고 최상층인 팔 층에 도착했다.

그가 살피지 못한 곳은 복도 끝에 있는 방, 즉 지금 서 있는 곳이 유일했다.

백예린은 이미 죽은 걸까. 아니면 살아서 그와의 재회를 기다리고 있을까.

그 모든 것이 이곳에서 결정되리라.

청월은 문을 열고 안으로 들어갔다.

방은 넓었으며 또한 화려했다.

바닥에는 고급스런 융단이 깔렸으며 한구석에 놓인 침대는 장정 대일 곱이 누워도 끄떡없을 정도다.

벽에는 수묵화가 걸렸으며 숨을 쉴 때마다 달콤한 과일향이 흐르기도 했다.

하지만 무엇보다 시선을 끈 것은 사람이었다.

창가에서 그를 기다리고 있던 여인 말이다.

"생각보다 일찍 왔네요."

청연화가 활짝 웃으며 그를 응시했다.

그녀의 태연한 모습에 청월은 아무 말도 할 수 없었다.

그녀는 그를 속이고 몸에 비도까지 박아 넣었다.

그런 만행을 저지르고도 어찌 아침인사를 하는 것처럼 편안하게 자신을 대한단 말인가.

"당신은 여러모로 대단하군."

청월은 간신히 감정을 억눌렀다.

마음 같았다면 앞뒤 안 가리고 달려가 청연화의 목을 베었을지도 모른다.

무림에는 그의 살심을 불러일으키는 이가 둘 존재했는데 그중 하나가 청연화였다.

"나를 혼자서 볼 용기가 있나?"

"그럼요. 당신은 사람을 해지지 못하잖아요. 이보다 만만한 사람이 어디 있겠어요?"

"꼭 그렇지 만도 않아."

청월이 싸늘한 미소를 지으며 말했다.

"첫째로 내 손에 있는 건 무인검이 아니고, 둘째로 방금 당신네 귀존 둘을 죽이고 왔어."

"지금 저를 겁주시는 건가요? 너무 무섭네요?"

청연화는 두 팔로 몸을 감싼 뒤 몸을 떨었다.

누가 봐도 청월을 약 올리는 행위였다. 한차례 대화가 오간 뒤 방 안이 싸늘해졌다.

두 사람은 서로를 쳐다보며 기 싸움을 할 따름이었다.

"백 소저는 어디 있지?"

"드디어 본론을 꺼내는 건가요? 너무 늦지 않았어요?"

청연화가 꺄르르 웃으며 말을 이었다.

"어떻게 생각해요? 그녀가 살아 있을 것 같나요?"

"그래."

"근거 있는 자신감인가요?"

"네가 빈 몸으로 내 앞에 있다는 것. 그 자신감에 발로가 바로 백 소저겠지."

청월의 말에 청연화가 짝짝짝 박수를 쳤다.

그녀의 박수소리는 빗소리보다 차가웠다. 더불어 부드러웠던 얼굴에 잔혹한 미소가 어렸다.

"잊고 있었네요. 사실 청월 공자는 멍청한 게 아니라 순진한 사람이었다는걸."

"헛소리 집어치워."

"알겠어요. 이젠 본론으로 들어가죠."

청연화가 뜸을 들인 뒤 말을 이었다.

"그녀는 살아 있어요. 생각보다 아주 가까운 곳에 있죠. 원한다면 당장에라도 당신 품으로 돌려보내 줄 수 있어요."

"……."

"하지만 세상에 공짜는 없답니다. 그녀를 얻기 위해선 청월 공자도 지불해야 할 것이 있어요."

"말해!"

"보채지 않아도 말할 셈이에요."

청연화의 눈이 독사처럼 번뜩였다.

그는 청월을 보며 또박또박 말을 이었다.

어쩐지 그녀의 말이 한 음절 한 음절 가슴을 때리는 것 같았다.

"습격한 연합군 무리를 모두 죽이세요."

"무슨 소리지?"

"말 그대로예요. 마령교에 쳐들어온 인간들을 모두 당신 손으로 죽이라는 말이에요."

그녀의 말에 청월은 가벼운 현기증을 느꼈다.

머리가 핑 돌면서 제자리를 지키고 서 있는 것조차 힘들어졌다.

귀로 듣고도 믿을 수 없는 제안이었다.

"그따위 걸 제안이라고 하는 건가?"

"제안이라니요. 거래예요. 거래."

청연화가 손을 내저으며 말을 이었다.

"하기 싫으면 안 해도 되고 내키면 하는 그런 부류에 것이죠. 백 소저가 당신 마음을 얼마나 차지했는지도 이번에 알 수 있겠죠."

"…너는 악마야. 알고 있나?"

청월이 몸을 부르르 떨며 말했다.

아무리 생각해도 그녀는 인간이 아니었다.

한 사람의 신뢰를 저버리고, 무림에 미래를 헐값에 팔아버린 요녀다.

"그런 칭찬은 처음 들어보네요."

"네 귀는 말을 왜곡해서 듣나보지?"

"왜요? 악마가 뭐 어때서요?"

청연화가 어깨를 으쓱한 뒤 말을 이었다.

"자, 이제 대답을 들려주세요. 백 소저를 구할 건지, 중원을 구할 건지 궁금하다구요."

"전처럼 네 손에 놀아나지 않아. 나를 움직이려면 우선 백 소저가 무사하다는 걸 보여."

"…정말 많이 발전하셨네요. 알겠어요."

청연화가 손가락을 튕기자 벽면에 숨겨진 공간이 열렸다.

이윽고 흑의를 입은 무사 다섯과 백예린이 모습을 드러냈다.

"백 소저."

그녀를 보는 순간 왈칵하고 가슴이 내려앉았다.

못 본 사이 백예린은 훨씬 수척해졌다.

두 볼이 움푹 패었으며 손목에는 결박에 흔적도 남았다.

그녀가 겪었을 고통은 보지 않고도 느낄 수 있었다.

"무사한 것을 확인했으니 대답을 들려주세요."

청연화가 웃으며 말을 이었다.

"말했다시피 선택은 두 가지뿐이에요. 백 소저와 함께 지내고 싶다면 연합군을 공격하면 되요."

"그들을 모두 물리쳐야 하나?"

"꼭 그럴 필요는 없습니다. 맹주를 비롯한 고수들에 목을 베어주면 돼요. 더 많은 무사를 쓰러뜨릴수록 마령교에서의 대접이 후해지겠죠."

청연화에 어투는 담담하기 그지없었다.

동료의 목을 베라는 말을 어찌 저리 쉽게 내뱉을 수 있단 말인가.

"그 말 책임질 수 있나?"

"교주님과도 이미 이야기가 됐어요. 게다가 당신이 우리 편이 된다면 그것만큼 든든한 것도 없어요."

"……."

"그렇다고 백 소저를 꼭 살릴 필요는 없어요. 동료가 소중하다면 동료를 구해야죠. 다만 이 자리에서 그녀의 목이 날아가는 건 피할 수 없겠지만."

"아주 제 맘대로 약을 올리는군."

청월이 이를 갈며 말했다.

그는 일부러 청연화와 헛소리를 주고받는 중이었다.

대화를 하면서 백예린을 구할 기회를 엿보는 것이다.

'나라도 이런 상황에서는…….'

청월은 끓는 속을 간신히 진정시켰다.

그와 백예린과의 거리는 오십 보 가까이 되었다.

또한 그녀는 다섯 명이나 되는 흑의인에게 둘러싸였고 그 중 한 명은 그녀를 뒤에서 앉은 채 목에 검을 대었다.

그가 신법을 밟는 것보다, 그녀가 죽는 게 우선인 것이다.

"허튼 생각하고 있는 거 다 알아요."

"……."

"그래도 방법이 없을걸요? 제가 상황을 그렇게 만들어놨으니까."

청연화가 싸늘하게 웃으며 그를 응시했다.

그녀의 눈빛은 대답을 독촉하고 있었다.

백예린을 구할 것이냐 아니면 동료를 구할 것이냐고 말이다.

청월은 후우 하고 한숨을 쉬었다.

그의 시선은 바닥을 향했는데 마치 벼랑 끝에 몰려서 까마득한 아래를 내려다보는 듯했다.

하나를 얻으면 하나를 잃어야 했다.

문제는 그 하나하나가 모두 소중한 것들이라는 점이다.

"나는……."

청월은 검을 쥔 채로 부들부들 떨었다.

생각은 정했지만 말이 입 밖으로 튀어나오지 않았다.

이런 말을 꺼내야 하는 상황도, 자신도 미웠다.

"계속 말하세요."

청연화가 그를 부추겼다.

그녀의 얼굴에는 어느새 감출 수 없는 황홀감이 묻어났다.

어느 쪽을 선택하던 청월은 파멸할 수밖에 없다.

전도유망한 청년의 가슴이 유리처럼 깨지는 순간.

이것이 바로 인생에 아름다움이 아니고 무엇이겠는가.

그런데 청월이 뜸을 들이던 바로 그때.

한줄기 전음이 벼락처럼 귓가로 날아들었다.

[아무 말도 하지 말고 듣고 있어요. 앞으로 다섯을 셀 테니까 이쪽으로 달려와요.]

청월은 그제야 간신히 백예린을 응시했다.

그녀의 왼손은 활짝 펴졌는데 손가락이 하나씩 하나씩 접히고 있었다.

전음을 보낸 것은 바로 백예린인 것이다.

"…무슨 생각을 하는 거죠? 빨리 답해요."

청연화가 청월을 다그쳤다.

그녀는 어서 빨리 청월의 선택을 듣고 싶었다.

비극이 그녀 앞에서 벌어질지 아니면, 바깥에서 벌어질지는 모두 그에게 달렸다.

그사이에도 백예린에 손가락은 줄어들어 마지막 약지만 남았다.

약지가 접히는 찰나에 순간.

그녀가 움직이기 시작했다.

백예린은 팔꿈치로 등 뒤에 섰던 무사에 복부를 쳤다.

그리고 반원을 그리며 상대에 허리에 권을 꽂아 넣었다.

순식간에 무사 한 명을 제압한 것이다.

무사들이 당황한 틈을 타 청월이 돌진했다.

그는 청연화를 잽싸게 따돌리고 흑의인들에 중심에 파고들었다.

"돌풍섬."

막야가 허공에 반달모양에 궤적을 만들었다.

검격과 풍압이 조화를 이운 초식에 무사들은 억 소리도 내지 못하고 쓰러졌다.

쎄에에에엑.

청연화가 뒤늦게 비도를 던졌지만 소용없었다.

청월은 싱겁다는 표정으로 이를 가볍게 쳐냈다.

바닥에서 꿈틀거리는 암기들에 모습에서 청연화의 미래를

봤다면 그건 과장일까.

"…이, 이런 말도 안 되는 일이."

청연화의 얼굴에서 처음으로 여유가 사라졌다.

상황은 백팔십도 바뀌었으며 수세에 몰린 것은 그녀가 됐다.

"넌… 분명히 기절을 시켰는데."

"그런 척 연기를 했을 뿐이야. 너희가 화양초 가루로 의식을 잃게 만든다는 건 이미 알고 있었거든."

백예린이 똑 부러지게 말했다.

그녀는 항상 고민했었다.

언젠가 청월이 구하러 왔을 때 무엇을 할 수 있을까 말이다.

그래서 항상 주변을 관찰하고 자신을 단련하는 것을 잊지 않았다.

"상황이 바뀐 것 같은데. 이젠 어쩔 셈이지?"

"착각하지 마. 너희는 평생 마령교를 꺾을 수 없어."

청연화의 얼굴에 다시 비릿한 미소가 어렸다.

"마령교엔 교주 진무홍이 있기 때문이지. 그가 있는 한 마령교는 쓰러지지 않아."

"과연 그럴까? 그자는 내가 쓰러뜨린다. 반드시."

"할 수 있다면 해보시지. 네놈의 목이 떨어지는 걸 구경해

주겠어."

청연화는 독기 어린 말을 내뱉고 창가로 뛰어들었다.

두 사람이 뒤를 쫓았지만 그녀는 벌써 지붕을 타고 내려가는 중이었다.

"도망쳤군요."

"이젠 저 여자 혼자서 할 수 있는 건 없을 거예요."

청월의 말에 백예린이 한마디를 덧붙였다.

그들은 창가에 두었던 시선을 서로에게 옮겼다.

"백 소저."

"청월 공자."

오랫동안 보지 못한 님이 바로 곁에 있었다.

상대를 보자마자 뜨거운 마음이 불길처럼 솟아올랐다.

그들은 서로를 꼭 끌어안고 입을 맞추었다.

누가 먼저라고 할 것도 없었다.

서로가 서로를 원하는 마음은 그만큼 간절했으니까.

길면서도 짧은 입맞춤이 끝난 후.

청월은 그녀의 머리를 쓸어주며 입을 열었다.

"미안해요. 나 때문에 이런 고생을 해서."

"그게 왜 청월 공자 탓이에요? 나쁜 건 마령교 놈들이죠."

"…백 소저가 힘들면 다 내 탓인 것만 같아요. 당신을 좋아하면서부터 늘 그랬어요."

"쑥스럽게 그런 소리 하지 말아요."

말과 달리 싫지는 않은 기색이었다.

그녀는 그의 품에 얼굴을 묻었다. 이 따스한 품을 오래도록 기다려왔었다.

"이제 어떻게 할 거예요?"

백예린이 그를 보며 물었다. 달콤한 사랑은 접어두고 현실로 돌아갈 때가 되었다.

"우선 진무홍하고 싸워야죠."

청월이 담담하게 말했다.

그를 꺾지 못하면 마령교를 꺾은 것이 아니었다.

도마뱀에 꼬리를 잘랐다고 해서 도마뱀이 죽은 것이 아닌 것처럼 말이다.

"혼자서는 안 돼요. 그자는 화룡천도 꺾은 고수인데."

"걱정 말아요. 절대로 지지 않을 거니까. 왜냐면……."

청월은 피식 웃으며 말을 이었다.

"저는 불사비공을 익혔어요."

"불사비공이요? 그렇다면……."

"말 그대로 절대 안 죽는다는 소리죠. 그러니까 믿어 봐요."

"혹시 이런 상황까지 와서 거짓말을 하는 건 아니겠죠?"

백예린이 고양이처럼 눈을 흘겼다.

잠깐 뜨끔하긴 했지만 청월은 곧 표정을 되찾았다.

"네, 그리고 살아 돌아와야 백 소저를 다시 볼 수 있잖아요. 그러니까 죽고 싶어도 죽을 수 없죠."

"말 한 번 잘했어요. 당신 목숨은 제 거니까 함부로 다루면 안 돼요."

두 사람은 그렇게 말하고 다시금 입을 맞추었다.

청월은 처음으로 그런 생각을 했다.

만약 시간이 이대로 멈춘다면 행복은 영원하지 않을까 하는 생각을.

"이젠 가죠. 다들 기다리고 있을 테니까."

청월은 백예린을 안은 뒤 창밖으로 뛰어내렸다.

하늘은 어두웠으며 빗줄기는 희미해졌지만 멈추지 않았다.

잠시 후 모든 것이 결정되리라.

긴긴 날 하늘이 토해낸 울음이 과연 누구를 위한 것이었는지.

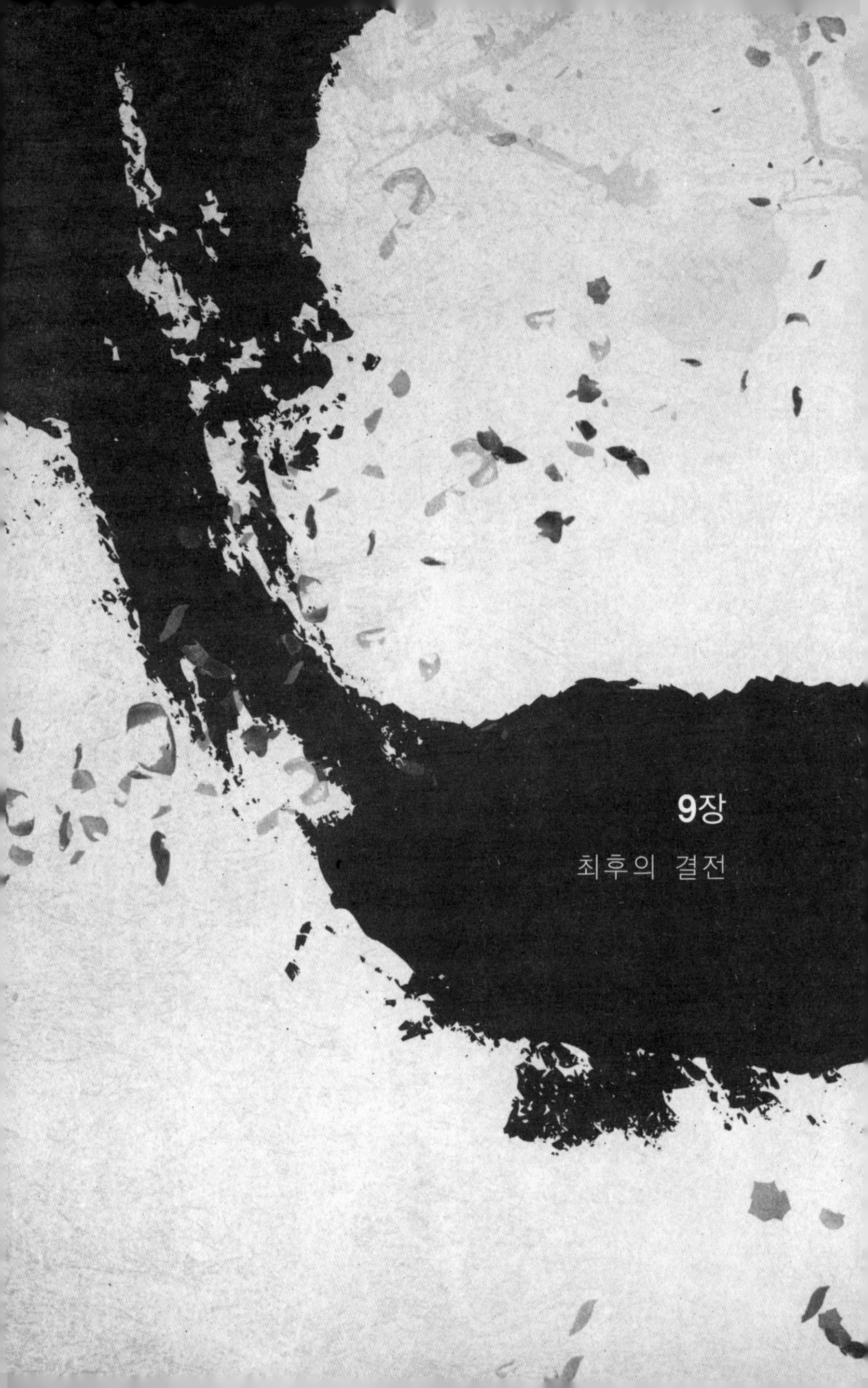

9장

최후의 결전

쿠우우우웅.

둔탁한 소리와 함께 철문이 하늘로 치솟았다.

굴과 지상을 잇는 장애물이 사라지면서 빗줄기가 몸을 적셔갔다.

출발할 때부터 내리던 비가 아직까지 이어지는 것이다.

"……."

"……."

긴 침묵이 이어졌다.

취걸아를 비롯한 흑귀조의 조원들은 하나같이 하늘을 응

시했다.

그 시선에는 조금의 비장함과 조금의 긴장감, 그리고 조금의 희망이 담겼다.

그들은 마령교의 심장부에 도달했다.

중원의 운명을 가로지를 한 판 승부가 턱 밑까지 차오른 셈이다.

그 절체절명의 순간을 두고 모두가 잠깐에 여유를 가졌다.

누군가는 부모님을, 누군가는 두고 온 연인을 떠올리고 있을지도 모르겠다.

"갑시다."

취걸아의 한마디와 함께 이동이 재개됐다.

타다다다닥.

흑귀조의 인원이 신법을 밟으며 달려갔다.

선두는 이곳의 지리를 아는 만천악과 우영진이 맡았다.

몇 번에 복잡한 길을 거치자 커다란 담 벽이 쳐진 공간이 보였다.

마령교에 핵심 병력인 암혼혈천대와 귀존들의 거처가 있는 마령전에 도착한 곳이다.

"다 왔습니다. 슬슬 준비를 하시죠."

만천악의 말에 모두가 입술을 꾹 깨물었다.

일부는 병기에 손을 얹었고 일부는 주문 같은 것을 중얼거리기도 했다.

"너, 너희는 누구냐?"

"머, 멈춰."

문을 지키던 무사들이 가까스로 한마디 했다.

저만한 병력이 우르르 마령전에 몰려드는 경우는 없었다.

영문이야 몰랐지만 적이 습격을 한 게 분명했다. 눈치 빠른 무사 하나가 호각을 빼물었다.

삐이이이이익.

날카로운 소리가 주변으로 퍼져 나갔다.

그것은 차마 바깥으로 뱉지 못한 그들에 절규와도 같았다.

"귀찮게 하기는."

우영진이 얼굴을 구기며 최전선으로 나섰다.

그는 신법을 밟으며 단번에 문지기들을 격파했다.

정확히 일 권 일 권마다 적이 나가 떨어졌다.

정문을 통과한 흑귀조 인원들.

그들의 걸음이 별안간 우뚝 멈추었다.

선두에 섰던 우영진과 만천악이 정지했던 탓이다.

"무슨 일 있습니까?"

"조금 성가신 실이 생겼군요."

만천악이 턱 수염을 쓸어내리며 말을 이었다.

"우리가 없던 사이 지형이 많이 바뀌었습니다. 본래라면 무사들에 숙소가 한곳. 장로들의 숙소가 한곳 있어야 하거늘."

"땅이 넓어지고 건물도 많아졌습니다. 이래선 일일이 다 쳐부수는 밖에 없어요."

우영진도 한마디 덧붙였다.

그 말과 동시에 무사들 일부가 탄식을 뱉기도 했다.

이렇게 되면 기존의 계획에 수정이 필요했다.

병력을 좀 더 세분화하고 동선도 새롭게 짜야 했다.

"이거 완전 날도독 놈이군요. 주인 허락도 안 받고 집을 고치다니."

취걸아가 농담조로 말했다.

그사이 우영진은 흑귀조의 인원을 셋으로 편성한 뒤 공격 명령을 내렸다.

연합군은 기습에 우위를 점해야 했기에 시간을 끌 수 없었다.

우영진이 무사를 이끄는 가운데 나머지 인원은 동그랗게 섰다.

남은 인원은 취걸아, 만천악, 장무룡, 남궁총 등이었다.

먼저 운을 뗀 것은 취걸아였다.

"일단 우리들도 흩어지도록 하죠."

"그렇게 합시다."

"무운이 있기를."

인사 후 간부들이 흩어지기 시작했다.

그들의 목표는 마령교에 귀존들을 제압하는 것이다.

각자 상대를 꺾으면 무사들을 돕는 것으로 의견일치를 보았다.

"징그럽기도 해라. 그만 그치면 안 되냐?"

취걸아는 얼굴을 찌푸리며 하늘을 보았다.

먹구름도, 빗줄기는 아직까지도 건재했다.

그가 투정을 한다고 해도 물러설 기미가 없었다.

그는 본래 비오는 날씨를 싫어했다.

햇볕이 안 들어 우중충했고 왠지 모르게 울적한 기분이 들었다.

게다가 술을 마셔도 흥이 나지 않으니 좋아할 수가 없었다.

진창을 따라 걸은 지 반각.

그는 나무들이 빼곡하게 늘어선 숲에 들어섰다.

거처 안에 이런 공간을 만들 정도면 귀존들의 대접이 얼마나 후한지 알 수 있었다.

"거지를 하지 말고 마령교에……."

농담조로 중얼거리던 취걸아가 입을 다물었다. 무언가 이상한 낌새를 눈치챈 것이다.

쌔에에에에엑.

바람을 가르며 화살이 날아들었다.

평소라면 간단하게 화살대를 낚았겠지만 이번에는 그럴 수 없었다.

그 속도와 위력이 엄청났던 것이다.

취걸아는 화살촉이 가슴에 닿기 직전 간신히 피했다.

"너로군."

그의 시선이 거목을 향했다.

거목 나뭇가지에는 한 여성이 서 있었다.

여성은 활을 들었으며 또한 활 통도 맸다.

재미있는 점이라면 팔뚝만 한 나뭇가지에 서 있음에도 평지에 있는 것처럼 자연스럽다는 점이었다.

두 사람은 한동안 말없이 서로를 응시했다.

"너도 마령교에 귀존이더냐?"

"그렇다면 어쩔 셈이지?"

"뭐, 한 가지 충고만 하려고 말이다."

취걸아가 뜸을 들인 뒤 말을 이었다. 그의 얼굴에 희미한 미소가 어렸다.

"화살을 그렇게 픽픽 쏘아대면 못 써. 나중에 남자 만나기 힘들지."

"…방주는 실없는 소리만 하나보군."

"꼭 그렇지만은 않은데. 들어볼 텐가?"

"닥쳐라!"

용백화가 화살을 쏘아냈다.

이번에는 한 발이 아닌 세 발이 동시에 뻗어 나갔다

취걸아의 회피로까지 예측한 뛰어난 사격술이었다.

하나 취걸아도 만만치 않았다.

그는 쾌속의 백결신장으로 화살을 모두 튕겨냈다.

순간 용백화의 미간이 지렁이처럼 꿈틀거렸다.

"이 싸움 계속할 건가?"

"무슨 소리지?"

"너희 마령교는 이제 승산이 없다. 한마디로 가라앉는 배라는 거지. 괜히 용쓰지 마라."

"쉬운 말을 돌려서 하는군. 항복하라는 거 아닌가?"

"눈치가 빨라서 좋구나."

취걸아가 누런 이를 드러내며 웃었다.

"기습을 했다고 우쭐하는 모양인데. 마령교는 쉽게 무너지지 않아. 교주님이 나선다면 상황은 금세 바뀔 거다."

"교주 사랑이 대단하군. 못 말리겠어."

"이젠 헛소리 말고 죽어라."

용백화가 다시금 화살을 쏘았다.

놀랍게도 이번에는 화살이 곡선을 그리며 접근했다.

각도를 계산해야 하는 만큼 취걸아도 골치 아프게 됐다.

"늙은이를 괴롭히다니."

그는 취한 듯 비틀거리기 시작했다.

하체는 넝쿨처럼 꼬여갔으며 상체는 낙지처럼 흐느적거렸다.

화살이 시시각각으로 접근하는데 얼빠진 짓을 하고 있는 것이다.

쒜에에에엑.

화살은 아슬아슬하게 가슴을 스치고 지나갔다. 개방 특유의 취팔선보가 힘을 발휘했다.

"이제는 내 차례다."

취걸아의 눈이 독수리처럼 반짝였다.

그는 신법을 이용해 단번에 나무 위로 뛰어올랐다.

용백화가 활을 쏠 공간을 주지 않기 위함이었다.

하지만 용백화라고 가만히 있을 리 없었다.

그녀는 나무 사이를 이동하며 쉴 틈 없이 화살을 쏘았다.

쫓고 쫓기는 싸움이 반각 정도 이어졌지만 취걸아는 단 한 보도 거리를 좁히지 못했다.

용백화에 활 솜씨와 신법이 기막히게 어우러졌던 탓이다.

"이년이 미쳤나?"

어이가 없어서 혀를 차고 말았다.

용백화는 전투 내내 취걸아를 보고 있었다.

즉, 신법을 뒤로 밟으면서 활시위를 계속 당긴 것이다.

화살이 계속 날아드니 거리를 좁힐 수 없는 것은 당연했다.

덕분에 취걸아는 궁수가 아닌 일반 무사와 싸우는 기분을 맛보았다.

"당황한 모양이군."

용백화의 얼굴에 싸늘한 미소가 피었다.

"제아무리 고수라도 이곳에서 만큼은 날 꺾을 수 없다."

"……."

"네가 할 수 있는 건 죽는 것뿐이야."

말과 동시에 다시 활이 쏘아졌다. 취걸아는 나무 사이를 건너며 간신히 이를 튕겨냈다.

확실히 나무 위에서의 용백화는 강력했다.

신법을 뒤로 밟는 것을 보니 나무는 물론 나뭇가지의 위치까지 모두 외워둔 것이 분명했다.

즉, 이 숲은 온전히 그녀를 위한 전쟁터인 셈이다.

'더 이상 시간을 끌면 곤란한데.'

초조함에 절로 이가 부딪쳤다.

상황을 봐서 다른 쪽을 지원해야 할지 모른다.

그녀 말대로 교주가 나타났을 때를 대비해 기력도 남겨야 한다.

이대로 가다간 힘만 다 뺄 것이고 결국 용백화도 꺾지 못할 것이다.

취걸아의 입장에선 한마디로 난감 그 자체인 셈이다.

고민을 하는 사이에도 시간은 야속하게만 흘렀다. 그런데 바로 그때였다.

'…가만 어쩌면 쉽게 풀릴 수도 있겠구나.'

취걸아는 문득 스쳐간 생각을 두 손으로 움켜쥐었다.

반각 넘게 싸우면서 왜 이런 발상을 못했을까. 자신의 머리를 저주하고 싶은 기분도 들었다.

"지금부터 긴장하는 게 좋을게다."

취걸아는 화살을 튕겨낸 뒤 바로 공력을 운용했다.

그가 힘차게 손을 뻗자 광풍과 함께 장력이 뿜어졌다.

항룡십팔장에 제사초식인 잠룡물용을 펼친 것이다.

"바보 같은 짓을."

용백화가 냉소를 흘리며 장력을 피했다.

주인을 잃은 장력은 나무를 강타했고 나무는 쩌적 하는 소리와 함께 바닥에 누웠다.

"늙은 것도 서러운데 바보라니. 이년을 확!"

취걸아가 다시금 장력을 토해냈다.

하나 용백화는 이번에도 미꾸라지처럼 자리를 피했다. 애꿎은 피해는 물론 나무가 대신 받고 말았다.

'스스로 무덤을 파는군.'

용백화는 화살을 쏘며 승리를 예감했다.

장력은 강력하지만 동시에 진기에 소모가 컸다.

이성을 잃고 장력을 쏘아대는 걸 보면 이미 승기는 그녀에게 넘어온 것이나 다름없었다.

회심의 미소가 깊어만 가던 바로 그 순간.

“이… 이런.”

용백화의 몸이 휘청했다. 자신 있게 신법을 밟았지만 발이 헛돌고 만 것이다.

그녀는 뒤늦게 취걸아의 계략을 눈치챘다.

“늙은이를 고생시킨 벌이지. 끌끌끌.”

취걸아는 함박웃음을 지으며 거리를 좁혔다.

사실 그가 장력으로 노린 것은 그녀가 아니라 나무 그 자체였다.

용백화는 나무들의 위치를 외운 채 뒤로 신법을 밟고 있었다.

그런데 그 나무가 사라지면 신법을 밟을 공간도 사라지고 만다.

용백화의 습관을 오히려 덫으로 만들어버린 셈이다.

쐐에에에에엑.

추락하던 그녀가 필사적으로 활시위를 당겼다.

하나 취걸아의 신형은 벌써 그녀의 턱 끝까지 닥친 뒤였다.

그는 금나수의 수법으로 활을 낚아챈 뒤 양손으로 이를 부러뜨렸다.

동시에 파옥권으로 용백화의 양 어깨를 부숴놓았다.

"크으으윽."

용백화가 신음을 흘리며 땅을 뒹굴었다.

귀존이 된 이후로 처음으로 타인에게 제압당하는 것이다. 그녀의 얼굴에는 노기와 치욕스러움이 한데 엉켜 있었다.

"한숨 푹 자거라."

취걸아는 그녀를 기절시킨 뒤 단전을 파괴했다.

그리고 서둘러 숲을 지나 다른 쪽으로 이동했다. 예기치 못하게 숲에서 긴 시간을 보냈다.

상황을 살피지 않으면 안 됐다.

"저… 저건?"

취걸아의 걸음이 우뚝 멈추었다.

멀지 않은 곳에서 격전이 벌어지고 있었던 것이다.

병장기 부딪치는 금속성이 마치 천둥소리 같았으며 바람에 실려 오는 공력도 장난이 아니었다.

현장에 도착한 취걸아는 입을 쩍 벌렸다.

공터에서는 다름 아닌 이대 일에 싸움이 벌어지고 있었다.

이는 흑룡회에 귀존이었으며 일은 장무룡이었다.

장무룡이 예기치 않게 협공을 당하게 된 것이다.

'장난이 아니야.'

취걸아는 도움을 주려다가 걸음을 멈췄다.

수적일 열세에도 불구하고 그가 뛰어난 능력을 보여주었기 때문이다.

장무룡의 검술은 압도적이었다.

귀존을 둘이나 상대로 하고 있음에도 오히려 강력한 공세를 펼쳤다.

무당 최고의 신법인 제운종과 태극검법.

이 두 가지의 오묘한 조합은 상대를 농락하기에 충분했다.

덕분에 귀존들은 이를 막아내는 데 혼신을 기울여야 했다.

취걸아가 넋을 잃은 사이 전투는 막바지로 흘러가고 있었다.

"호락호락하게 당할 줄 아느냐?"

"단번에 끝장을 내주마."

쩌렁쩌렁한 외침과 함께 귀존들이 공력을 뿜어냈다.

그들은 장무룡의 검을 튕겨낸 뒤 양쪽으로 퍼졌다. 좌측과 우측에서 합격을 펼치려는 것이다.

쎄에에에에엑.

양쪽에서 검이 쇄도하는 상황.

위기에 몰렸음에도 장무룡에 표정은 담담하기만 했다.

이윽고 검기를 머금은 검이 허공에 빛을 뿌렸다.

태극검법에 십초식인 태극무의를 펼친 것이다.

장무룡의 검은 원을 그리며 주변에 모든 것을 베어냈다.

귀존들이 토해냈던 절기 역시 그로 인해 한 줌의 재처럼 사라졌다.

"으으으윽."

신음과 함께 두 귀존이 풀썩 쓰러졌다. 최후의 승자는 결국 장무룡이 된 것이다.

"그만 나오게."

장무룡이 검을 거두며 말했다.

"알고 있었나?"

"진작부터 알았지."

"그나저나 검술이 더 날카로워진 것 같은데."

취걸아가 껄껄 웃으며 말했다.

방금 전의 솜씨만 봐도 알 수 있었다.

장무룡이 전성기 때의 기량을 되찾았음을 말이다.

일황오제 중에서 가장 강했던 것은 사실 장무룡이었다.

천하맹주였던 백담천도 그에게 석패를 하곤 했으니까 말이다.

장무룡의 솜씨가 떨어진 것은 대혈전 이후였다.

무당파가 멸문에 가까운 피해를 입으면서 그의 가슴은 늘 분노로 타올랐다.

그때부터 태극에 정신을 잃어버리고 검술이 타락하기 시작했다.

"자네가 정신을 차리니까 든든하군."

"그런가?"

장무룡이 씁쓸하게 웃었다.

"백담천이 죽은 대가로 제정신을 차린 거라면 말일세. 차라리 망나니였던 채로 사는 게 좋았을 거야."

그의 시선이 어느새 하늘로 닿았다.

하늘은 여전히 새까맸으면서 내키는 대로 비를 토하고 있었다. 이해할 수가 없었다.

어째서 하늘이 그가 아닌 백담천의 목숨을 앗아갔는지.

"지나간 일에 너무 마음 쓰지 마."

취걸아는 가만히 어깨에 손을 얹었다.

"이젠 앞으로 보고 나아갈 때야. 특히 지금은 더더욱. 백담천이도 그걸 바라고 있겠지."

"알았네."

두 사람의 눈빛이 교차했다.

얼마 전까지만 해도 서로를 잡아먹을 듯 시선을 했지만 지금은 벗을 보는 따스함이 어려 있었다.

타다다다닥.

그들은 다시금 신법을 밟았다.

귀존 두 명을 처치했다고는 하지만 상황을 낙관할 수는 없었다.

싸움의 판세라는 건 언제 어떻게 뒤집힐지 모르는 것이니까.

"생각보다 상황이 좋아."

"동감일세."

그들은 마령전을 돌며 미소를 지었다.

세 무리로 나뉘어서 기습을 했던 흑귀조 인원들. 그들은 차근차근 적을 제압하고 있었다.

빠른 움직임으로 기습의 효과를 톡톡히 본 것이다.

반면 마령교 무사들은 허둥지둥 대며 갈피를 잡지 못했다.

적은 눈앞에서 활개를 치는 데 마땅히 대응할 방법이 없었던 것이다.

지휘를 내려 줄 귀존들도 보이질 않았고 그나마 있는 무사들도 뭉치기가 힘들었다.

그래서 삼삼오오 뭉쳐 싸우다가 목숨을 잃을 뿐이었다.

"이렇게 많은 무사들이 어떻게 마령전에……."

"정말 말도 안 돼. 이건 꿈이라고."

마령교도들은 비명과 탄식 속에 죽어나갔다.

입구와 창문까지 꼭꼭 걸어 잠근 채 편안하게 자고 있었다.

그런데 강도들이 별안간 장롱에서 튀어나온다고 하자.

이런 경우에는 어떻게 대처할 수 있을까.

당하는 것 외에는 도리가 없지 않을까.

마령교도들은 제대로 힘도 쓰지 못한 채 파멸의 길을 걸었다.

연합군의 기세가 한창 물이 오르는 사이.

취걸아를 비롯한 간부들이 처음 장소로 복귀했다.

"귀존들은 다 처리했습니까?"

"보이는 놈들은 다 처리했죠. 한 세 놈 정도만 자리를 피한 것 같지만 말입니다."

"그게 어디 입니까? 이젠 그놈들이 뭉친다고 해도 우리를 감당할 순 없겠죠."

취걸아가 껄껄 웃으며 말했다.

승기를 잡았다는 것은 부정할 수 없었다.

만약 천귀조 쪽에서도 같은 결과를 얻었다면 더더욱 바랄 나위가 없었다.

그는 발 빠른 전령을 천귀조가 있는 쪽으로 보냈다.

서로의 상황을 파악하고 지원 여부를 결정하기 위함이었다.

마령전을 정리한 후에는 천귀조와 함께 교주가 있는 마령각으로 향할 생각이었다.

그런데 바로 그때였다.

"끄아아아아악."

"괴… 괴물이 나타났다."

날카로운 비명 소리가 마령전에 울렸다.

소리의 근원지는 입구 쪽이었는데 필시 입구를 지키던 연합군에서 튀어나온 것이다.

처절한 울음소리에 취걸아 일행의 얼굴이 딱딱하게 굳었다.

"아무래도 양반은 못 되는 것 같군요."

"허허허. 동감입니다."

"귀가 간지러워서 찾아온 모양인데요."

그들의 시선이 한 곳에 집중되었다.

그곳에선 교주 진무홍을 비롯해 두 명의 귀존, 그리고 사백의 수라마인이 접근하고 있었다.

그 위풍당당한 모습에 몇몇 무사는 오줌을 지릴 뻔도 했다.

그들이 뿜어내는 위압감이 보통이 아니었던 탓이다.

"드디어 교주가 납셨군."

취걸아가 누룽지를 씹으며 입을 열었다.

백담천과 화룡천을 죽인 장본인이라서 그런 걸까.

그를 보고 있는 것만으로도 등골이 오싹하고 손바닥에 신은 땀이 났다.

"……."

진무홍은 아무 말도 하지 않았다.

그저 무심한 눈빛으로 전황을 살필 뿐이었다.

하나 그것이 오히려 긴장감을 더욱 깊게 만들었다.

기 싸움이 오래도록 지속되는 가운데 진무홍이 먼저 운을 뗐다.

"벌레들치고는 제법이군."

"벌레라니 말이 너무 심한 거 아니냐? 그렇게 따지면 네 수하들은 벌레만도 못한 게 되는 데 말이야."

"늙은이, 말장난은 가려서 하는 게 좋아."

진무홍이 그를 노려보았다.

"뭐야. 사람을 깎아내리는 건 지가 먼저 했으면서 안 그래?"

취걸아가 동의를 구하듯 장무룡을 응시했고 그는 작게 고개를 끄덕였다.

대화가 잠깐 끊긴 사이 남궁총이 가장 앞에 나섰다.

"진무홍, 이젠 포기해라. 네놈의 야망도 여기서 끝이야."

"헛소리 작작해. 꿈을 꾸고 있는 건 네가 아니라 너희다."

진무홍이 차갑게 웃었다.

그 냉소를 보고 있자면 얼음파편이 가슴을 찌르는 듯했다.

"이 정도로 마령교를 꺾었다고 생각하면 오산이야."

"흥. 허세 부려도 소용없어."

"허세인지 아닌지는 두고 보면 알겠지. 아닌가?"

진무홍의 눈이 날카롭게 빛났다.

동시에 남궁총은 이질적인 것이 몸에 파고드는 것을 느꼈다.

말로 설명할 수 없는 것이 점차 육체를 지배했고 급기야 물에 빠진 것처럼 숨 쉬기가 벅찼다.

이해할 수가 없었다.

무공을 쓴 것도 아니거늘 대체 왜 이런 증상이 나타나는 건지.

'서… 설마?'

남궁총은 서서히 깨달았다.

자신을 괴롭히는 것이 무엇인지, 그리고 그것이 무엇에서 비롯되고 있는지를.

"지룡단주, 갑자기 왜 그러는 겁니까?"

취걸아가 접근했지만 남궁총이 손을 저어 이를 만류했다.

남궁총의 얼굴은 점점 파랗게 질렸으며 팔과 다리의 경련도 점차 심해지고 있었다.

그는 뒤늦게 깨달았다.

자신의 덮치고 있는 것이 죽음의 공포라는 것을.

눈앞이 캄캄했으며 그 어둠에 육체가 잘근잘근 씹혀 먹히는 것만 같았다.

그는 흐려지는 의식을 붙잡고 간신히 한마디 했다.

"저… 놈에 눈을… 보면 안……."

"이미 늦었어."

차가운 음성과 함께 진무홍이 거리를 좁혔다.

그는 눈 깜빡할 사이에 코앞까지 접근했다.

혈혼십사장이 장전된 손도 불꽃처럼 타올라 있었다.

푸우우우욱.

혈장이 복부를 관통했다.

남궁총은 피를 토하며 절명하고 말았다.

워낙 순식간에 일어난 일이라 다른 사람은 미처 손을 쓰지 못했다.

"궁지에 몰린 건 내가 아니라 너희다."

진무홍이 싸늘하게 웃었다.

그의 먹구름처럼 가라앉은 눈이 먹잇감을 살피듯 일행을 훑었다.

물론 그 누구도 진무홍에 시선을 받아칠 수는 없었다.

남궁총이 그의 목숨으로 이유를 알려주었던 탓이다.

"한꺼번에 죽여주마."

진무홍이 벼락처럼 달려들었다.

그의 첫 번째 목표물은 바로 장무룡이었다. 이 중에서 가장 강한 인물이 그라는 것을 알아챈 것이다.

"사방진으로 둘러쌉시다."

"합진을 하면 감당할 수 있을 거예요."

장무룡과 진무홍이 싸우는 사이, 취걸아, 만천악, 우영진이 진무홍을 감쌌다.

수적인 우세를 앞세워 합격을 준비한 것이다.

다섯 사람은 넝쿨처럼 한데 엉켜 초식을 주고받기 시작했다.

쿠우우우우웅.

검과 장법, 권법이 충돌하는 가운데 주변은 금세 쑥대밭이 되었다.

근처에 늘어섰던 나무들은 모두 엿가락처럼 부러졌고 바닥도 거북이 등껍질처럼 갈라졌다.

공력이 충돌할 때는 광풍와 광음이 터졌는데 주변 무사들은 감히 근처에 얼씬도 하지 못했다.

그렇게 전투가 펼쳐진 지 반각째.

취걸아를 비롯한 일행은 아예 눈을 감고 있었다.

억지로 시선을 피하려다 보니 오히려 행동이 부자연스러워졌던 탓이다.

그럴 바에는 차라리 다른 감각에 집중하는 편이 좋았다.

"내가 장님을 상대하고 있던 건가?"

진무홍이 쩌렁쩌렁하게 외쳤다.

먹잇감에게 호통을 치는 사자 같은 기백이었다.

그는 혼자서도 네 명을 너끈하게 상대했다.

아니, 오히려 그들을 압도하는 느낌마저 풍겼다.

게다가 극성으로 펼쳐지는 혈혼십사장은 실로 감당하기 힘들었다.

손바닥이 마치 용암과 같이 들끓었기 때문이다

장무룡은 검이 녹아서 자주 떨어진 검을 주워 썼으며 만천악에 주먹은 빨갛게 익어 고기 타는 냄새를 풍겼다.

취걸아 역시 손바닥에 화상을 입었고 어깨에도 부상이 있었다.

우영진은 반각전에 나가 떨어졌다.

한차례 공방 후 이어지는 대치 상황.

"아니, 뭐. 저런 인간이 다 있어."

취걸아가 거칠게 숨을 내쉬었다.

태어나서 이만한 무위를 가진 인간과는 처음 싸워봤다. 싸울수록 드는 생각은 그가 인간이 아니라 괴물 같다는 점이었다.

"동감이다."

"어떻게 할 겁니까? 이대로는 우리 쪽이 필패예요."

만천악이 대화에 껴들었다.

우영진이 쓰러지면서 기세는 더욱 가파르게 기울었다. 무언가 수를 쓰지 않으면 안 됐다.

"뭐 생각해 둔 것 없냐?"

"글쎄. 생각할 시간조차 없었던 것 같은데."

"너만 믿고 있었는데 그런 소리 하면 안 되지."

"덮어 씌어도 소용없어."

취걸아의 추궁에 장무룡이 쓴웃음을 지었다.

그리고 눈을 감은 채로 진무홍이 있는 방향에 시선을 주었다.

'이자는 확실히 강하다. 하지만…….'

장무룡은 눈치챘다.

절대무위를 뽐내고 있기는 하지만 진무홍도 역시 지쳐 가고 있음을.

가장 큰 증거는 좀 전부터 거칠어지기 시작한 호흡이었다.

그가 입을 살짝 벌린 채 호흡을 토해낸 것을 목격했다.

"저자를 양쪽에서 몰아주시죠."

장무룡이 마침내 한마디 했다.

"갑자기 그게 무슨 소리냐?"

"수 싸움을 하는 건 의미가 없으니까 한 방을 노리자는 거지."

"저놈을 꺾을 만한 공격이 있습니까?"

만천악이 껴들어서 물었다.

"있습니다. 물론 맞는다는 가정을 했을 때지만."

"너 설마 그걸 쓸 생각이냐?"

"그래."

장무룡이 고개를 끄덕였다.

지금 믿을 수 있는 건 절기인 무극검법뿐이었다.

취걸아와 만천악이 측면에서 압박을 해준다면 충분히 승산 있는 싸움이었다.

"무슨 작당모의를 그리하실까?"

잠자코 있던 진무홍이 입을 열었다.

우우우우웅.

감춰두었던 힘을 터뜨렸는지 강력한 공력이 뿜어졌다.

하급무사라면 이에 짓눌려서 죽었을지도 모를 일이었다.

세 사람의 얼굴도 동시에 일그러졌다.

"이제부터 쥐새끼를 한 마리씩 죽여주마."

진무홍의 혈장이 쉴 틈 없이 허공을 때렸다.

동시에 성인 팔뚝만 한 장력이 무자비하게 쏟아졌다.

쿵쿵쿵쿵쿵쿵쿵.

장력이 폭발하면서 굉음과 함께 뿌연 연기가 하늘로 치솟았다.

진창이 사방으로 튀었으며 인근에 나무들까지 폭탄을 맞

은 것처럼 부서졌다.

장력이 덮친 공터는 한마디로 지옥과도 같았다.

"빌어먹을 놈."

취걸아는 십자로 교차한 팔을 풀며 중얼거렸다.

몸에서는 모락모락 연기가 났으며 삼십 년을 함께한 적삼은 넝마조각이 되었다.

진무홍 놈이 무자비하게 장력을 쏘았던 탓이다.

"다른 사람들은 괜찮……."

취걸아는 말을 다 잇지 못했다.

시꺼먼 그림자가 연기를 뚫고 접근했던 것이다.

그것의 정체를 깨닫는 순간 물벼락을 맞은 것처럼 번쩍 정신이 들었다.

하나 반격을 하려고 손을 들어도 때는 이미 늦었다.

"죽어라."

진무홍의 혈장이 코앞까지 닥쳤다.

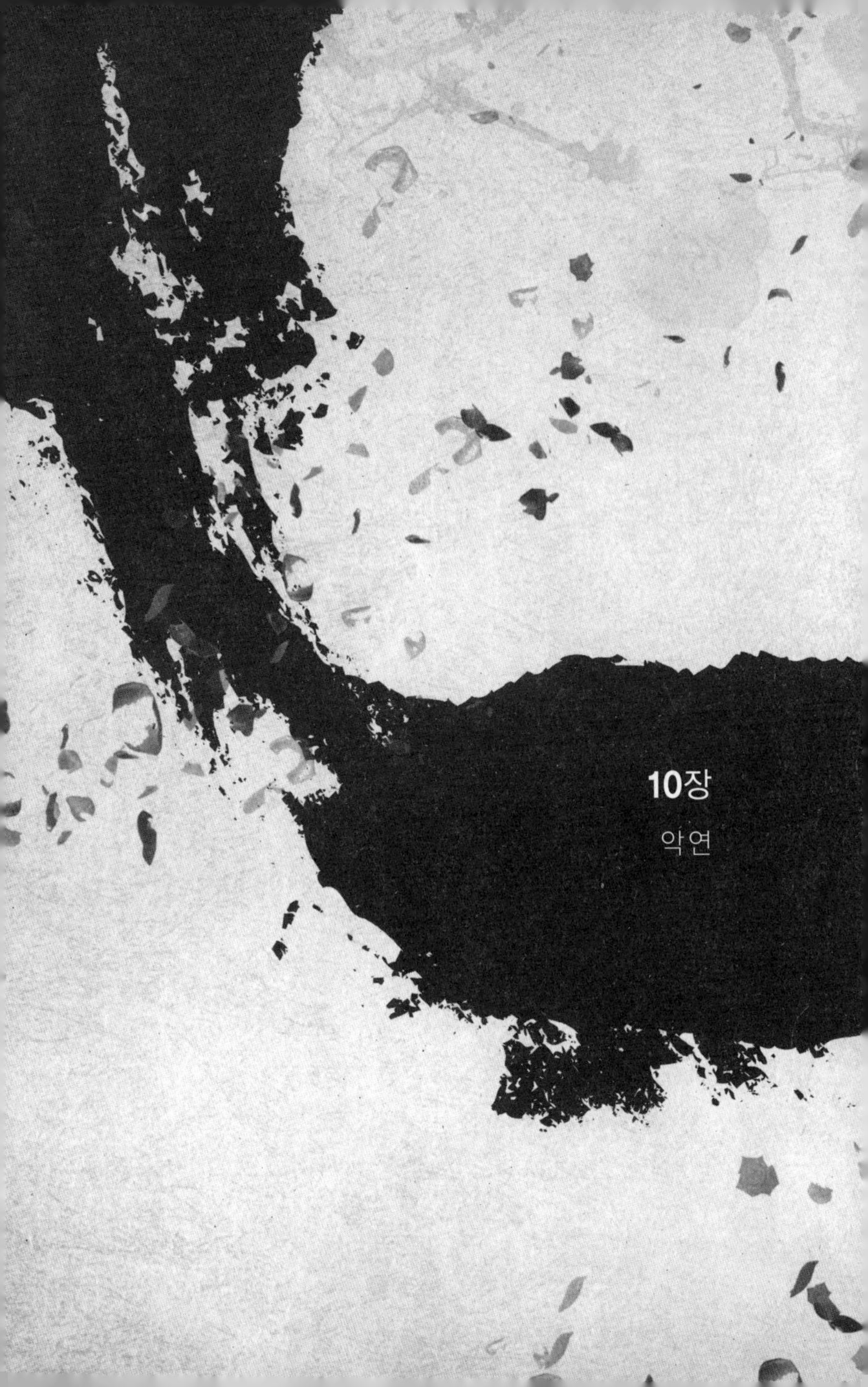

10장

악연

타다다다닥.

바람처럼 빠른 신형이 빗줄기를 통과했다.

청월은 쾌풍신법을 밟으며 마령교의 중앙 부분을 가로질렀다.

백예린을 무사히 구했으니 이제는 동료들과 함께 마령교를 무찔러야 했다.

"다들 무사할까요?"

백예린이 걱정스런 표정으로 물었다.

허를 찔렀다고는 하나 상대는 막강한 마령교였다. 반드시 승리를 장담할 수는 없었다.

"……."

청월은 물음에 대답을 하지 않았다.

그저 안고 있는 팔을 들어 그녀의 볼에 입을 맞추었을 뿐이다.

지금은 뭐든지 믿는 수밖에 없었다.

그리고 할 수 있는 일에 혼신을 싣는 것밖에 도리가 없었다.

일을 도모하는 것은 사람에 달렸고 그 성공 여부는 하늘에 달려 있으니 말이다.

"일단 천귀조 쪽으로 가봐요."

그는 대로에서 왼쪽으로 방향을 틀었다.

먼 곳보다는 가까운 곳에 먼저 가보기로 한 것이다.

한 식경 정도 달렸을까.

청월은 천귀조의 목표인 마령비각에 도착했다.

현장은 참혹했다.

입구부터 시체들이 산처럼 쌓였으며 그들이 흘린 피가 말 그대로 강처럼 흐르고 있었다.

주검들의 면면을 살피면 대부분이 마령교도임을 알 수 있다.

이는 천귀조의 습격이 꽤나 효과적이었음을 드러냈다.

"…끔찍하네요."

"네."

두 사람이 시선을 마주쳤다.

적이라고는 하지만 그들도 연합군과 같은 사람이다.

참혹한 모습을 보니 비통한 마음이 일어나지 않을 수 없었다.

이제 두 사람이 할 수 있는 일은 단 한 가지.

이 비극이 오늘 끝이 나도록 애를 쓰는 것뿐이었다.

청월은 다시금 길을 따라 달렸고 마침내 천하맹의 무사들과 조우했다.

후방에 있던 무사들의 수는 대략 오십이었는데 대부분 부상자였다.

개중에는 익숙한 얼굴도 껴 있었는데 윤대만과 팽화련이 그 주인공이었다.

"사내대장부가 왜 그래요? 좀 참아 봐요."

"그치만 정말 아픕니다. 눈물 고인 거 안 보이나요?"

"자꾸 애처럼 굴면 저도 다 방법이 있어요."

팽화련은 그렇게 말하고 상처 주변을 찰싹 때렸다.

그러자 윤대만이 오만상을 쓰며 몸을 뒤틀었다.

그대도 뒀다간 뱀처럼 몸이 배배 꼬일 것만 같았다.

"얌전히 따랐으면 좋았잖아요."

팽화련이 상처에 금창약을 붙였다.

통증을 통증으로 억누른 것이다. 따갑다고 약을 안 붙이겠다고 하니 어쩔 수 없는 선택이었다.

그녀는 상처에 붕대를 두르다가 청월 일행과 시선이 맞았다.

그녀의 눈이 개구리처럼 커다래졌다.

"예… 예린 언니?"

"오랜만이다. 화련아."

"언니! 몸은 괜찮은 거예요?"

팽화련이 울먹이며 백예린에게 달려왔다.

백예린은 울먹이는 그녀를 안아주었고 다독여 주었다.

친 자매처럼 지냈던 두 사람이다.

서로의 부재가 마음에 상처가 되지 않았다고 하면 새빨간 거짓말이다.

"임무는 무사히 마친 모양이군요."

"네, 덕분에 말이죠."

윤대만과 청월도 인사를 나누었다.

그들의 얼굴에는 감출 수 없는 미소가 어렸다.

전장에서 동료가 무사하다는 것만큼 기쁜 소식은 없는 법이니까.

"마무리는 제가 하죠."

청월은 붕대에 매듭을 지으며 말을 이었다.

"상황은 어떤가요?"

"좋습니다. 처음 예상한 것보다 훨씬 더. 마령비각은 앞으로 한 식경 정도면 정리될 거예요. 그러면 흑귀조와 합류해서 마령각을 칠 수 있겠죠."

"그렇군요."

청월이 작게 고개를 끄덕였다.

그의 말에 다소 마음의 짐을 덜 수 있었다.

자신이 부재했던 동안에 큰일이 벌어졌다면 죄책감에 시달렸을지도 모를 일이다.

"저는 일단 안쪽으로 이동해 보겠습니다."

청월이 담담하게 말을 이었다.

천귀조의 상황이 낙관적이라고는 하나 아직 전투가 끝난 것은 아니었다.

무사들과 합류해 전력을 보태는 편이 좋았다.

"저도 같이 가요."

"백 소저는 여기 남아요. 그동안 마령교에 붙잡혀 있었잖아요? 아직 무리하면 안 돼요."

"하지만……."

백예린이 입술을 깨물며 말을 삼켰다.

그녀도 알고 있었다.

지금의 몸으로 함께 한들 청월에게 큰 도움이 되지 못하리라는 것을.

하지만 그를 혼자 보내려고 하니 불안감이 치솟아 견딜 수 없었다.

지금 보는 것이 마지막이 되진 않을까.

행여 작은 도움이라도 필요한 상황이 있진 않을까.

오만 가지 생각이 그녀를 괴롭혔다.

무엇보다 두려운 것은 마령교에 아직 교주가 건재하다는 점이었다.

"털끝 하나 다치지 않고 돌아올 거니까 걱정 마요."

청월은 피식 웃으며 백예린을 끌어안았다.

"정말이죠? 약속할 수 있어요?"

"네."

"…다치거나 혹여나 일이 잘못되면 난 견딜 수 없을 거예요."

백예린이 고개를 떨어뜨린 채 한마디 했다.

청월을 만나지 않았다면 그녀는 평생 남에게 마음을 열지 않았을지도 모른다.

사람이 사람을 일으키고, 사람이 사람에게 꽃이 될 수 있음을 그는 알려주었다.

지금 그녀의 볼을 타고 흐르는 것도 단순한 물줄기만은 아니었다.

청월은 백예린의 머리를 쓸어 주며 입을 열었다.

"저는 반드시 돌아올 겁니다. 그러니까 그때는 백 소저가 제 배필이 되어주세요."

그의 말에 백예린은 물론 윤대만과 팽화련도 놀랐다.

청월이 그녀에게 청혼을 하고 있었으니까 말이다.

"멋지게 말하지 못해서 미안해요."

"아니에요. 이걸로 충분한걸요."

백예린이 청월의 품에 얼굴을 묻었다.

비는 차가웠지만 그에 가슴은 따뜻했다.

귓가에 콩닥콩닥 뛰고 있는 그의 박동도 이제는 그녀의 것이 되리라.

"가세요."

백예린은 말없이 청월을 밀쳐냈다. 더 이상 그를 잡아둘 수는 없었다.

청월은 그녀와 입을 맞춘 뒤 바람처럼 자리를 떠났다.

자꾸 뒤를 돌아보고 싶은 마음이 들었지만 꾹꾹 눌러 담았다.

시대가 평화롭지 못하면 그들의 사랑도 위태로워지리라.

청월의 급선무는 마령교를 박살 내는 것이었다.

"저기구나."

한데 모인 무사들을 보고 속도를 높였다.

공터에서 벌어지는 싸움은 연합군이 압도적으로 우세해 보였다.

무사의 숫자는 백여 명이 넘었고 수장인 모용제와 방운백도 함께 있었다.

놀라운 건 고작 한 명이 이들과 맞서고 있다는 점이었다.

상대는 커다란 창을 들었으며 무시무시한 기세로 초식을 뿜어냈다.

그 모습을 보면 마치 한 마리의 용맹한 호랑이를 보는 듯했다.

무사들은 그를 감당하지 못해 슬금슬금 뒤로 물러났다.

"아무래도 우리 둘이 합공을 해야겠소."

"좋습니다. 평 무사가 달려들었다간 개죽음일 테니까."

모용제와 방운백이 의견일치를 보았다.

더 이상 상대에게 먹이를 줄 수는 없었다.

지금 이대로라면 천귀조의 사기는 나락까지 곤두박질칠지 모른다.

"뭘 그렇게 속닥속닥거리지? 죽을 순서라도 정하는 건가?"

월악선이 얼굴을 구기며 두 사람을 응시했다.

그는 십귀존 중에 일인으로 창술의 달인이었다.

연합군 병력에 대부분을 학살한 것도 바로 그였다.

“…넌 또 뭐야?”

월악선이 시선을 옮겼다. 접근하고 있던 청월을 발견한 것이다.

“예린이는 구한 건가?”

“이럴 때 보니까 참 반갑군.”

두 사람도 청월을 발견하고 화색을 띠었다.

“이자는 제가 맡겠습니다. 두 분은 다른 곳을 정리해 주세요.”

청월이 간장과 막야를 빼 들었다.

샤르릉 하는 맑은 소리가 공터에 울려 퍼졌다.

두 사람이 합공을 한다 한들 귀존을 꺾을 수는 없었다.

이제는 그가 나서지 않으면 안 됐다.

“그럼 부탁하네.”

“잡놈들은 반각 안에 쓸어줄 테니까. 이놈만 좀 부탁해.”

두 사람이 자리를 뜨고 공터에는 청월과 월악선만 남았다.

그들은 한동안 말없이 서로를 노려보았다.

고수들 특유의 기 싸움을 벌이는 것이다.

부담스러운 침묵을 깨뜨리는 건 오로지 차가운 빗소리뿐이었다.

“수라검의 얼굴에 상처를 낸 놈이 네놈이렸다.”

“그렇다면 어쩔 셈이지?”

"네놈의 잘난 면상에도 똑같은 상처를 만들어줘야지. 수라검은 네 녀석 때문에 늘 밤잠을 설쳤어."

월악선이 창끝으로 지면을 내리쳤다.

그러자 주변이 수박껍질처럼 쩌저적 갈라졌다. 은연중에 무위를 뽐내는 것이다.

하나 청월은 낯빛 하나 변하지 않았고 눈썹 한 번 꿈틀거리지 않았다.

그저 피식 웃으며 검지를 까딱거릴 뿐이었다.

"와라."

"미친놈, 얼굴을 벌집으로 만들어주마."

월악선이 선공을 펼쳤다.

쎄에에에에엑.

파공성과 함께 창이 날아들었다.

한데 일자로 쭉 뻗던 창이 곧 일곱 개로 분열하여 그를 노렸다.

놀라운 것은 이 모든 것이 허초가 아닌 실초라는 점이다.

"청풍검법."

청월은 바람의 결을 따라 검을 놀렸다.

간장과 막야는 바람과 어우러져 유려한 검선을 그렸고 창과 충돌할 때마다 차가운 금속성을 흘렸다.

"생각보다 제법이군. 하지만 네놈은 내 상대가 못 돼."

월악선이 다시 패도적으로 덤벼들었다.

두 사람의 싸움은 반각 가까이 이어졌으며 고무줄을 당긴 것처럼 팽팽했다.

'몸이 아직 완전하지 않구나.'

청월은 전투하는 내내 답답함을 느꼈다.

용해와 형상준을 상대했던 부담이 그대로 남았던 탓이다.

부상으로 인해 신법도 평소보다 굼떴고 검격에도 힘이 들어가지 않았다.

문제는 그뿐만이 아니었다.

월악선의 창술은 생각한 것보다 훨씬 정교했다.

검과 창이라는 무기를 비교했을 때 거리적 이점을 가지는 건 물론 창이다.

창은 사거리가 길었으며 또한 간간히 터지는 찌르기는 금세 몸을 관통할 수도 있었다.

월악선은 이 거리를 잘 알았다.

또한 이를 청월에게 내주지 않는 방법도 알았다. 때문에 청월은 오래도록 고전을 면치 못했다.

"생각했던 것보다 실망이군."

월악선이 창끝을 톡톡 차며 말했다. 얼굴에는 비릿한 미소도 걸렸다.

"만천문에 있었던 때는 혼자서 우리를 세 명까지 상대했다고 들었는데. 헛소문이었나?"

"……."

"이 몸을 더 재미있게 해달라고."

월악선의 도발에 청월은 꿋꿋이 침묵을 지켰다.

문득 그의 시선이 빗줄기를 따라 지면에 닿았다.

오래전부터 내린 비로 바닥은 완전히 진창이었다.

흙이 질어져서 걷기도 불편했고 물웅덩이도 퍽퍽 튀어 오르기도 했다.

청월은 거기서 번뜩이는 무언가를 발견했다.

"이번에는 내쪽에서 가지."

"호오. 무서운걸?"

"아까까지와는 다를 거야. 제대로 겨루어 보자. 네 창이 빠른지 내 발이 빠른지."

신형이 벼락처럼 뿜어졌다.

청월은 쾌풍신법을 밟으며 일자로 달려 나갔다.

그 속도로 인해 커다란 바람이 불었으며 주변에 있던 풀과 나무도 우르르 누웠다.

"바보 같은 놈. 죽기를 자처하는구나."

월악선은 냉소를 지으며 창을 찔러갔다.

청월의 속도를 생각하건데 방향전환은 절대로 불가능하다.

즉, 그 경로에 창을 찌르면 반드시 공격이 성공하는 것이다.

"꼬치로 만들어 주마."

"할 수 있다면 말이지."

청월은 속도를 늦추지 않고 질주했다.

그리고 월악선과의 거리를 계산한 뒤 몸을 뉘어 바닥을 쓸었다.

창은 아슬아슬하게 그의 머리를 스쳐 지나갔다.

자세가 낮아졌던 탓이다.

하지만 진창에 미끄러지는 터라 속도는 조금도 줄지 않았다.

월악선이 지켜왔던 황금의 거리가 처음으로 깨지고 있는 것이다.

"아니. 이런?"

"바보 같은 건 너야."

청월은 미끄러지던 발을 뒤로 차며 몸을 세웠다.

검집을 빠져나온 간장과 막야도 어느새 시린 빛을 뿜어내고 있었다.

상대가 창을 사용할 수 없는 거리를 잡았다.

승리는 그의 차지였다.

"열풍섬."

담담한 외침과 함께 두 자루의 검이 빛을 뿌렸다.

월악선의 가슴에는 십자무늬의 검상이 남았고 얼굴에는 감추지 못한 당혹감이 남았다.

결국 그는 쿵 소리를 내며 진창에 머리를 박았다.

"다행이다. 이 정도로 끝내서."

청월은 거친 숨을 몰아쉬었다.

싸움이 길어졌다면 비기인 천풍섬까지 사용할 뻔했다.

그는 비를 맞으며 터덜터덜 공터로 복귀했다.

공터에는 천귀조의 무사들이 모두 모였는데 서로를 부둥켜안은 채 환호를 지르고 있었다.

"우리 손으로 마령비각을 쳐부쉈다고."

"마령교 놈들도 이젠 끝장이야. 드디어 무림에도 평화가 오는 거야."

무사들의 말에 청월도 환하게 웃고 말았다.

사람의 감정이란 알게 모르게 전염되는 것이었으니까 말이다.

그들이 느끼는 성취감과 희망에 청월도 물들지 않을 수 없었다.

"다들 정신 똑 바로 차려!"

모용제가 쩌렁쩌렁하게 호통을 쳤다.

"아직 끝난 게 아니다. 이 정도로 방심을 해선 안 돼."

"축배를 드는 건 교주의 모가지를 손에 넣은 뒤에 해도 늦지 않아. 다들 정신 차리도록."

방운백도 한마디 거들었다.

그들은 심각한 부상자를 제외한 뒤 다시 인원을 꾸렸다.

그 수는 대략 사백 명이었는데 당초 예상한 것보다 훨씬 수가 많았다.

무사들은 다시 진형을 갖추었고 흑귀조로 지원을 갈 준비를 했다.

"녀석을 해치운 모양이군. 안 그래도 자네를 찾으러 갈 생각이었는데."

모용제가 청월의 어깨에 손을 얹었다.

그는 한참 청월을 살피더니 얼굴을 찌푸렸다.

"몸에 부상만이 아니라 내상도 심각해. 남아서 쉬는 게 좋을 것 같네만."

"걱정해 주셔서 감사합니다만 그럴 순 없습니다."

청월이 단호하게 대답했다.

그에게는 아직 해결하지 못한 단 하나의 숙제가 남았다.

바로 숙적이자, 원수이자, 같은 사령안의 소유자인 진무홍을 쓰러뜨리는 일이었다.

그와 온전히 맞설 수 있는 건 청월뿐이다.

"알았네. 뭐, 말린다고 들을 것 같지도 않으니까 말이야."

"감사합니다."

두 사람은 서로를 보며 피식 웃었다.

"그럼 다들 마령전으로 이동!"

방운백의 외침과 함께 무사들이 우르르 자리를 떠났다.

무림에 존망을 건 싸움도 이제 끝장에 다다르고 있었다.

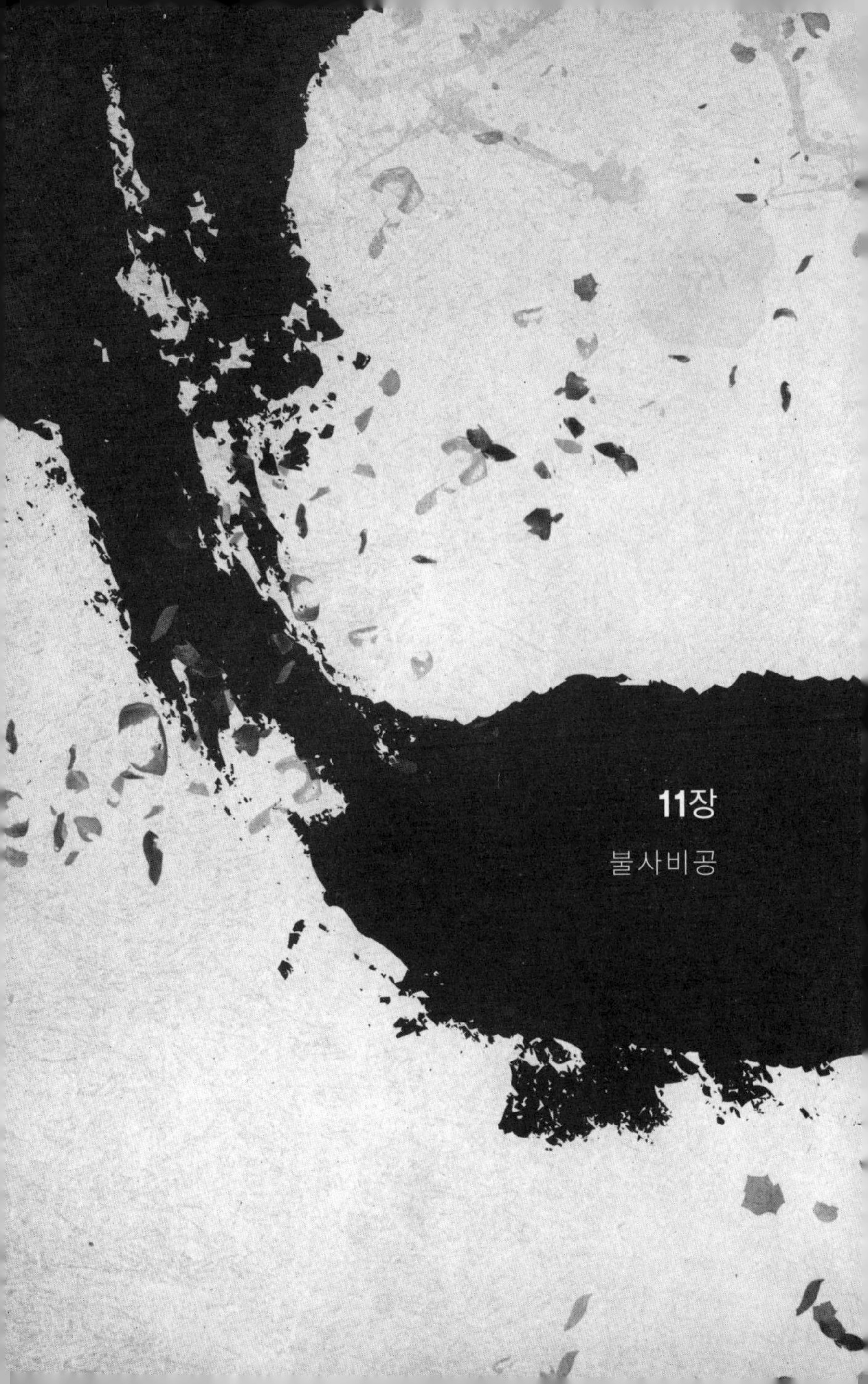

11장

불사비공

'그래, 아직 교주가 남아 있어.'

청월은 진무홍을 떠올리고 입술을 깨물었다.

방운백의 말이 옳았다.

교주를 죽이지 못한다면 아직 마령교를 무너뜨렸다고 할 수 없었다.

사령안을 이용한 안술과 압도적인 무위.

연합군의 병력이 아무리 강성하더라도 교주의 철옹성을 깨뜨리기란 쉽지 않아 보였다.

청월의 역할이 중요한 것도 바로 그 때문이지만.

'다 왔다.'

청월은 바람결에 흐르는 강렬한 진동을 느꼈다.

이를 생각하면 진무홍과 연합군의 고수들에 싸움을 간접적으로 유추할 수 있었다.

그는 신법에 박차를 가하며 진동의 근원지로 향했다.

싸움이 벌어지고 있는 곳은 공터였다.

마령교 쪽에서는 예상대로 진무홍이, 연합군 쪽에는 취걸아, 장무룡, 만천악이 존재했다.

특이하다고 볼 수 있는 건 연합군에 고수들이 모두 눈을 감고 있다는 점이었다.

'또 안술을 쓴 모양이군.'

청월의 미간이 지렁이처럼 꿈틀거렸다.

눈을 뜨지 못한다는 것은 전투에 치명적인 영향을 끼친다.

본래 싸움에 가장 큰 역할을 하는 것이 시야고 나머지 감각이 그 뒤를 보조한다.

즉 연합군에 고수들은 제 힘을 내지 못하는 셈이다.

청월은 본능적으로 느꼈다.

역시 교주를 제대로 상대할 수 있는 건 자신밖에 없다고.

'맹주님이 위험하다.'

공터에 접어드는 찰나 진무홍이 취걸아를 향해 돌진하고 있었다.

이대로라면 취걸아는 꼼짝없이 저승행 마차를 타고 만다.

'어림없지.'

청월은 취걸아의 앞을 막아서고 공격을 막았다.

휘이이이잉.

검과 장법이, 공력과 공력이 충돌하면서 광풍이 불어왔다.

청월은 천도지체의 힘을 끌어올려 진무홍을 밀쳐냈다.

그리고 일곱 개의 날카로운 검강을 뿜어냈다.

검강이 폭발하는 시끄러운 소리.

그것은 마치 청월의 귀환을 알리는 축포와도 같았다.

"괜찮으십니까?"

"덕분에."

취걸아가 누런 이를 드러내며 웃었다.

"시간 하나는 기가 막히게 맞추는구나."

"제 생각도 그렇습니다."

"예린이는 구한 모양이지?"

"네."

청월이 자신감 있게 고개를 끄덕였다.

두 사람이 대화를 나누는 사이 연기가 걷히고 진무홍이 나타났다.

검강으로 인해 옷이 한층 더 너덜너덜해져 있었다.

"저놈에 눈을 보면 안 된다."

취걸아가 조언을 했다.

그의 뇌리에는 아직도 공포에 떨던 남궁총의 모습이 선했다.

청월도 같은 꼴이 되게 둘 수는 없었다.

"걱정은 감사하지만 저는 괜찮습니다."

"뭐시라?"

"보시면 아실 거예요."

청월은 피식 웃으며 일행에 선두에 나섰다.

무려 백 오십일 만에 대면이었지만 그리 기쁘지는 않았다.

진무홍과의 추억, 아니, 악연을 생각하면 오히려 이가 갈리고 머리털이 삐죽 섰다.

하지만 그 모든 것은 오늘 이 순간부로 증발하고 말리라.

침묵 속에 시선이 교차했다.

중원에 단 두 명만이 소유한 사령안이 서로를 꿰뚫고 있었다.

먼저 운을 뗀 것은 청월이었다. 그의 얼굴에는 왠지 모를 유쾌함이 서려 있었다.

"두렵진 않아?"

"……."

"이런 상황은 아마 처음이겠지. 당신에게는 말이야."

청월이 어깨를 으쓱하며 말했다.

그는 보고야 말았다. 진무홍의 몸속에 드리운 죽음을 말이다.

그것은 청월이 가진 죽음만큼이나 선명한 자태를 뽐내고 있었다.

지금 퍼진 정도를 보면 반 시진 내에 완연한 색을 드러낼 것이다.

“오늘밤엔 축배를 들어야겠어. 마령교도 무너지고 교주도 저 세상으로 떠날 테니까 말이야.”

“헛소리!”

진무홍이 일갈을 뱉었다.

뿌드득 하고 이를 가는 소리도 공터에 퍼질 정도였다.

“무언가 착오가 있어. 너희 같은 벌레에게 이 몸이 죽을 리가 없다.”

“그 눈을 여태껏 잘 써먹고 능력을 부정하겠다는 건가?”

“사령안도 완벽하지는 않아. 네놈도 죽음을 여러 번 피해 달아났으니 나도 할 수 있다.”

진무홍이 이죽거리며 말했다.

“좋을 대로 생각해. 다만 그전에.”

청월이 뜸을 들인 뒤 말을 이었다.

“나와 일대일로 승부를 가리자.”

그의 한마디가 메아리처럼 공터에 퍼졌다.

이를 듣던 연합군의 무사들은 하나같이 경악을 하고 말았다.

심지어 일부는 말을 잘못들은 줄 알고 곁 사람에게 되묻기까지 했다.

"청월아. 너 혼자서는 절대 무리다."

"갑자기 그게 무슨 소리냐?"

취걸아와 만천악이 우려 섞인 말을 꺼냈다.

조화경급에 고수 셋이 합공을 해도 진무홍을 꺾을 수 없었다.

그런데 청월 혼자 이를 감당한다는 것은 어불성설이었다.

"다른 사람은 몰라도 교주의 저승사자는 접니다."

청월이 자신감 있게 말했다.

사령안에 맞서서 제대로 된 힘을 쓸 수 있는 건 그뿐이었다.

게다가 그에겐 아직 꺼내놓지 않은 필살기도 존재했다.

"크크크크크. 재미있는 소리를 지껄이는군."

장무홍이 껄껄 웃었다. 기습을 당한 이후 처음으로 터뜨리는 웃음이었다.

호쾌한 소리를 생각하면 절대 가식으로 생각할 수 없었다.

"죽고 싶다면 말리지는 않겠다."

"내가 할 말이다. 죽는 건 네가 아니라 너다."

"좋아. 누구의 말이 맞는지 확인해 보지."

진무홍은 귀존들에게 명령을 하달한 뒤 공터를 벗어났다.

연합군의 세 고수가 이미 자신의 상대가 안 된다는 것을 확인했다.

즉, 청월을 꺾는다면 죽음을 두려워할 이유가 하등 없었다.

'암. 그럴 리가 없어.'

진무홍은 신법을 밟으며 자신을 다독였다.

청월 같은 새파란 녀석에게 질 리가 없었다.

그것도 일대일로 싸우는 상황에서 말이다.

하지만 몸속에 출렁이는 죽음은 끊임없이 신경을 자극했다.

분명 무언가가 비수처럼 목숨을 앗아갈 거라고 말이다.

반면 청월은 각오를 다지며 진무홍의 뒤를 쫓았다.

'자신이 있다는 건가?'

청월은 쓴웃음을 지었다.

신법을 밟는 진무홍의 모습이 지나치게 태연했던 것이다.

훤히 드러난 등은 마치 공격할 테면 공격을 해보라고 시위하는 것도 같았다.

일각 가까이 달린 두 사람.

그들이 멈춘 곳은 마령교 내부에 인공호수였다.

지칠 줄 모르는 빗줄기로 수위가 높아졌는데 호수 양 끝에 놓인 다리가 물에 잠기기도 했다.

"여전히 어리석군. 혼자서 나를 감당할 생각을 하다니. 그 잘난 영웅심리는 어디서 배울 수 있는 거지?"

"영웅심리 따위는 없어. 이길 만한 이유가 있으니까 제안을 했을 뿐이지."

청월은 어깨를 으쓱하며 말을 이었다.

"네가 가봤던 굴에 나도 가봤다."

"굴이라면……."

"아주 오랜 전에 사령안을 가졌던 노인. 그 노인이 만들어 놓은 굴에 가봤다는 말이다."

그의 말에 진무홍이 얼굴이 돌처럼 굳어졌다.

"놀랐나 보지? 만천문에 있을 때 네가 가지고 있던 민담집을 슬쩍했거든."

"……."

"그곳에서는 나는 발견했다. 네가 놓치고 간 무언가를 말이지."

청월은 뜸을 들인 뒤 말을 이었다.

"노인은 사령안을 이용해 펼칠 수 있는 불사비공을 남겼어."

"불사비공?"

"그래, 불사비공을 익히면 말 그대로 절대 죽지 않아. 따라서 내가 너에게 질 이유도 없다는 거지."

"그런… 무공이 존재할 턱이 없다!"

진무홍이 공력을 담아 소리쳤다.

그동안 수없이 많은 무공을 접해 봤지만 죽지 않는다는 허무맹랑한 무공은 처음 들었다.

분명 자신을 위협하기 위해 허세를 부리고 있는 것이리라.

그 증거는 바로 청월의 몸에 넘실대고 있는 죽음이었다.

"나도 사령안에 소유자라는 걸 잊었나?"

진무홍이 차분함을 되찾은 뒤 말을 이었다.

"네몸에 넘치나는 죽음은 어떻게 설명할 거지?"

"불사비공에 핵심이 바로 이 죽음이다. 너 같은 건 백날 설명해 줘도 모르겠지만."

청월이 깔보며 말했다.

그 모습은 마치 성인이 대여섯 살박이를 놀리는 것과 다를 바 없었다.

청월의 태도에 진무홍의 노기가 머리끝까지 치솟았다.

"그럼 죽지 않는 몸을 감상해 보실까?"

진무홍이 벼락처럼 달려 나갔다.

그는 혈혼십사장에 삼초식을 펼치며 청월을 압박했다.

시뻘겋게 달아오른 손바닥은 마치 방금 막 용암에 담갔다 나온 것처럼 뜨거웠다.

"어림없지. 열풍섬!"

청월 역시 반격에 나섰다.

간장과 막야는 십자를 그리며 진무홍의 장법에 맞섰다.

검과 장법이 엉키면서 한동안 힘 싸움이 벌어졌다.

두 사람은 공력을 분출하며 당장 서로를 잡아먹으려 했다.

그런데 바로 그때였다.

"넌 실수한 거다."

진무홍이 양손으로 청월의 검을 꼭 쥐었다.

동시에 강렬한 열기가 검을 지배하기 시작했다.

혈혼십사장에 열기로 검을 녹일 생각인 것이다.

그 효과는 이미 장무룡에게 검증한 바가 있는 터.

진무홍은 일말도 자신의 실패를 의심하지 않았다.

하나 검을 열기를 뿜은 지 한참이 지나도 검에는 반응이 없었다.

아무리 명검이라도 이 정도 압력이라면 녹아내리게 마련이거늘.

"실수한 건 내가 아니라 너다."

청월의 얼굴에 조소가 어렸다.

"뭐라고?"

"이 검의 이름을 알면 네 판단이 얼마나 어리석었는지 알겠지."

청월은 기합과 함께 검기의 강도를 높였다.

그러자 검이 푸르게 빛나며 열기를 몰아내기 시작했다.

그는 검을 벼락처럼 회수한 뒤 거리를 벌였다.

"크으으윽."

그 예기로 인해 장무홍이 손바닥에 상처를 입고 말았다.

무림에 나온 뒤 처음으로 입는 부상이었다.

"이건 전설의 부부 검 간장과 막야다. 네놈의 하찮은 장법에 당할 검이 아니지."

"이런 말도 안 되는……."

"이것도 굴에서 얻은 무기다. 네가 빈손으로 가준 덕분에 챙길 수 있었어."

청월은 희죽거리며 양단세를 취했다.

아직까지는 상황이 좋았다. 지금의 기세를 유지할 수 있다면 승리의 길도 머지않았다.

"계속 열 받게 하는군. 네놈의 모가지를 비틀어주마."

진무홍이 다시금 거리를 좁혔다.

이윽고 두 사람은 넝쿨처럼 엉킨 채 치열한 전투를 벌였다.

한 수 한 수가 생과 사를 가를 정도로 위력적이었으며 그들 주변은 금세 아수라장이 되었다.

초반에는 다소 균형의 추가 팽팽했지만 시간이 갈수록 이것이 진무홍에게 기울었다.

온전한 몸으로 싸워도 진무홍을 감당하기 힘든 청월이다.

그런 그가 부상에 내상을 입고 교주와 싸우고 있으니 어쩌면 이는 당연한 결과일지도 몰랐다.

전투가 한 식경 가까이 이어질 무렵.

청월은 그야말로 반죽음 상태가 되었다.

몸에는 진무홍이 새겨놓은 손바닥 자국이 낙인처럼 찍혔으며 공력과 정신도 걸레처럼 너덜너덜했다.

삼척동자가 보아도 청월의 패배를 단언할 정도였다.

하나 그와 맞서는 진무홍의 기분은 또 달랐다.

그는 왠지 자신이 깊은 수렁에 빠지고 있는 것 같았다.

'왜지? 대체 왜?'

그는 스스로에게 물었다.

가슴 한편에서 커져 가는 두려움에게 물었다. 모든 상황이 그를 향해 웃어주고 있었다.

청월을 상대하는 건 앞서 삼 인의 고수를 상대할 때보다도 편했다.

그런데 어째서 이리 두려움이 고개를 쳐든단 말인가.

"벌써 지친 건가? 좀 더 공격해 보라고."

"다 죽어가는 놈이 입은 살아서."

진무홍은 검을 튕겨낸 뒤 장법을 펼쳤다.

손바닥은 다섯 개로 분열하여 청월의 가슴팍을 후려쳤다.

이를 견디지 못한 청월이 형편없이 나동그라졌다.

그야말로 완벽하게 장을 적중시킨 것이다.

장무홍은 장담했다.

이번에야말로 저 새파란 놈의 명줄을 끊었다고 말이다.

"확실히 지친 게 분명해. 처음에 맞았던 게 훨씬 매웠단 말이야?"

청월이 아무렇지도 않게 일어났다.

툭툭 옷을 털어내는 모습은 마치 집에서나 보일 법한 편한 태도였다.

다 죽을 법한 몰골과 침착한 태도가 빚어내는 이질감.

장무홍은 뒤늦게 깨달았다.

자신이 무엇을 두려워하고 있는 지를.

'설마… 불사비공이라는 것이 존재하는 건가?

그런 생각이 드니 선뜻 공격을 할 수가 없었다.

왠지 모르게 무언가가 팔을 잡아당기는 느낌도 들었다.

청월이 불사비공을 익혔다고 하면 진무홍이 죽는 것도 수긍은 갔다.

"지금 불사비공에 대해 생각하고 있지?"

청월은 희죽 웃으며 자신의 상처를 일일이 살폈다. 동시에 양쪽의 손가락이 바쁘게 머리를 접었다.

"대충 일곱 번 정도 맞은 것 같군. 네 장법을 일곱 번이나 맞고 버틴 인간이 있었나?"

"……."

진무홍은 대답할 수 없었다.

혈혼십사장을 그렇게나 버텨낸 인간이 당연히 존재할 리 만무했다.

눈앞의 청월을 제외하면 말이다.

그의 머릿속은 어느새 불사비공이라는 단어만 쳇바퀴 돌듯 굴러갔다.

억눌러왔던 두려움이 스멀스멀 몸을 지배했다.

눈앞에 고인 물웅덩이에서 자신의 죽음을 확인한 순간 그 두려움은 극도로 치달았다.

"어차피 넌 나를 죽일 수 없어."

진무홍은 최대한 태연한 척 운을 뗐다.

"버티는 걸 이기는 걸로 착각하지만 않는다면 말이야. 그러니 마지막으로 기회를 주마."

"무슨 기회지?"

"나와 함께 무림을 다스리는 거다. 중원에 반쪽을 네게 주겠다는 거다."

진무홍의 말과 함께 빗줄기가 뚝 그쳤다.

기다란 빗줄기도, 시원한 빗소리도 완전히 자취를 감춘 것이다.

그것은 마치 긴 싸움의 종막을 알리는 상징과도 같았다.

"중원이 네놈의 집 앞마당인가? 반쪽을 준다니 무슨 개소리인지 모르겠군."

청월은 그저 웃고 말았다.

하지만 눈에선 흉흉한 빛이 뿜어지고 있었다.

"비가 그친 것처럼 내 목숨도 오늘 그칠 뿐이다. 다른 건 없어."

"무덤을 파는군. 불사의 몸이라면 몇 번이라도 죽여주마."

진무홍의 손바닥이 허공을 덮었다.

동시에 무시무시한 장력이 청월에게 쏘아졌다.

그 밀도를 생각하면 아무리 출중한 신법을 밟아도 피할 공간이 없어 보였다.

쾅쾅쾅쾅쾅쾅.

폭음과 함께 진창이 사방으로 튀었다.

후폭풍과 함께 희뿌연 연기가 하늘 끝까지 치솟았다.

"이 정도면 죽었겠지? 크크큭."

진무홍이 냉소를 흘렸다.

제아무리 불사비공을 익혔다 해도 이번만큼은 살아나지 못할 것이다.

장력에 맞아 온몸이 갈기갈기 찢어졌을 테니까 말이다.

그런데 바로 그 순간이었다.

휘이이이이익.

날카로운 바람 소리와 함께 시커먼 것이 거리를 좁혔다.

장력의 폭풍을 뚫고 청월이 접근하던 것이다.

"마… 말도 안 돼."

"몇 번이고 죽여준다고 했잖아. 근데 이 정도론 너무 싱겁지."

청월이 씨익 웃었다.

진무홍에게는 이것이 악마의 미소처럼 느껴졌다.

반면 벼락처럼 달리던 청월은 반원을 그려 진무홍의 어깨를 꽉 붙들었다.

"허튼 수작을."

"그거야 두고 보면 알겠지."

청월이 뜸을 들인 뒤 말을 이었다.

"바람이 없으면 바람을 만들면 돼. 내가 달려온 길이 바람이 될 수도 있거든."

"……."

"아둔한 너라도 이쯤이면 눈치챘을 거다. 천풍섬!"

낭랑한 외침과 함께 공력이 허공에서 강력한 위압감이 들었다.

청월이 공력을 모으며 절기를 쏘아냈던 것이다.

그가 밟아온 길이 풍로가 되었고 그것은 곧 천풍섬이 지나갈 자리기도 했다.

천풍섬이 바람에 영향을 많이 받으니 청월이 원하는 바람을 직접 만든 셈이다.

발상을 역전한 청월의 기지였다.

쎄에에에에엑.

날카로운 풍검이 날아들었다.

풍검은 한 발의 화살이었고 진무홍의 가슴은 이에 적중당할 좋은 과녁이었다.

시시각각 접근하는 풍검에 진무홍은 완전히 공황에 빠졌다.

“놔라! 놔.”

“너무 늦었어. 넌 이 자리에서 죽는 거야.”

“그럴 수 없어. 절대로.”

진무홍이 파닥파닥 몸부림을 쳤지만 소용없었다.

그는 여태껏 한 번도 죽음의 위기를 겪지 않았다.

턱 끝까지 차오른 죽음을 견뎌내기엔 경험이 부족했다. 새까맣게 빈 머리는 그의 미래처럼 암울하기만 했다.

푸우우우욱.

천풍섬이 진무홍의 몸을 관통했다.

시뻘건 핏줄기가 진창에 물감처럼 번져 갔다.

*　　　*　　　*

꿈이었다.

아니, 꿈이라고 생각했다.

청월은 떠나버린 사람들과 함께 술을 마시고 있었다.

특이한 것은 그가 신풍문에 있었던 코흘리개에 모습이었다는 점이다.

그는 할머니의 무릎에 앉아 있었고 그 주변을 동그랗게 지인들이 채웠다.

'이게 어떻게 된 거죠?'

청월은 할머니를 올려다보며 입을 열었다.

그녀는 청월을 보며 빙긋이 웃고 있었다.

그 미소를 보고 있자면 왈칵 눈물이 쏟아질 것만 같았다.

할머니는 목숨을 바쳐 청월에게 천도지체를 물려주지 않았던가.

가능하면 좀 더 이야기를 나눠 보고 싶었다.

하지만 이상하게도 물에 잠긴 것처럼 목소리가 나오지 않았다.

금붕어처럼 입을 뻥긋 거리는데 할머니는 다 들었다는 듯 고개를 끄덕였다.

그녀가 곁에 있는 사람들을 가리켰다.

모두 청월이 소중하게 생각했던 사람들이었다.

임무 중에 죽은 남궁총과 당설희.

일운산에서 세상을 떠난 백담천까지.

세 사람은 청월을 보며 웃고 있었다.

그들이 다짜고짜 술을 따라주었는데 청월은 어찌할 바를 몰랐다.

곽서화를 쳐다보니 그녀가 작게 고개를 끄덕였다.

술을 받으라는 뜻 같았다.

청월은 지인들이 주는 술을 단번에 들이켰다.

이상하게도 이를 마실수록 몸에 힘이 넘쳐나는 느낌이 들었다.

꿀꺽꿀걱.

곽서화가 주는 마지막 잔까지 마셨다. 그러자 안개처럼 뿌옇던 정신이 단번에 맑아졌다.

진무홍과 혈투를 벌였던 최후까지 생생하게 떠올릴 수 있었다.

'이젠 돌아가거라.'

곽서화가 입을 뻥긋거렸다.

목소리는 나오지 않았지만 청월은 분명 그렇게 들었다.

그리고 그녀가 전하는 의미도 지금은 이해할 수 있었다.

청월은 소중했던 사람들에게 인사를 했고 꿈은 깼다.

“으으으으윽.”

통증이 밀물처럼 밀려들었다.

발끝부터 머리까지 불어 닥치는 고통에 그저 표류할 수밖에 없었다.

“청월 공자! 정신이 들어요?”

익숙한 목소리가 귓가에 울렸다.

힘겹게 눈을 뜨니 백예린이 그를 내려다보고 있었다.

죽지 않고 다시 돌아왔구나.

사랑하는 사람의 곁으로 돌아왔구나. 그런 생각에 가슴이 따뜻해졌다.

“네, 몸이 조금 불편하긴 하지만.”

“정말… 이렇게 걱정시킬 거예요?”

백예린이 그를 끌어안고 흐느꼈다.

여린 어깨가 갈대처럼 떨렸고 그를 외롭게 지키던 날들이 눈물로 떨어졌다.

맞닿은 피부로 느껴지는 슬픔에 청월도 왈칵 울고 싶은 마음이 들었다.

“미안해요. 걱정시켜서.”

“삼십 일이 넘게 의식을 못 차렸다구요.”

“그렇군요.”

청월이 백예린을 다독이며 말했다.

그는 진무홍을 상대하며 배수의 진을 쳤다.

즉, 금기의 영역이라 볼 수 있는 선천진기까지 끌어 쓴 것이다.

이로 인해 오래도록 정신을 차리지 못했었다.

한참을 흐느끼던 백예린이 눈가를 훔쳤다.

"잠꾸러기. 나만 내버려두고 혼자 자고 있으니까 좋았어요?"

백예린의 입가에 희미한 미소가 감돌았다.

"어떤 의미론 좋고 어떤 의미론 나빴어요."

"무슨 뜻이죠?"

"좋은 의미라는 건 하늘로 올라간 사람들을 다시 볼 수 있었던 거고, 나쁜 의미라는 건 백 소저를 보지 못했다는 거죠."

"칫. 이제 와서 수습해도 늦었어요."

백예린이 토라진 척 고개를 돌렸다. 잠시 침묵이 흐르는데 청월이 먼저 운을 뗐다.

"마령교는 어떻게 됐어요?"

"걱정 마세요. 모든 게 끝났으니까."

백예린이 설명을 이었다.

그녀는 우선 습격이 있던 날로 돌아갔다.

청월이 교주를 상대하는 동안 연합군은 파죽지세로 남은 잔당을 처리했다.

교주가 사라지니 싸움의 추가 급속도로 기운 셈이다.

본래 흑룡회 출신이었던 무사들이 다시 받아달라는 청을 하면서 마령교의 전력은 더욱 줄어들었다.

"거기에 청월공자가 교주를 꺾으면서 상황은 완전히 종료됐죠. 이제 중원에 마령교는 없어요."

백예린이 담담하게 말했다.

"흑룡회는 어떻게 됐죠?"

"아직은 피해를 복구하고 있어요. 천하맹에서 지원을 할 거니까 빠른 시일 내에 이뤄지겠죠."

"다행이네요. 모든 게."

청월이 작게 고개를 끄덕였다.

마령교를 치면서 앙숙이던 천하맹과 흑룡회가 단단하게 뭉치게 되었다.

즉, 서로를 적으로 인식하지 않는 새로운 세대가 탄생한 것이다.

대혈전으로 인해 서로를 증오하던 것이 일 세대라면, 이들은 서로를 전우로까지 인식할 수 있는 이 세대다.

앞으로는 양쪽 관계도 새로운 방식으로 변하게 되리라.

중원에도 마침내 평화의 씨앗이 심어진 셈이다.

"백 소저."

"네?"

"잠깐 이쪽으로 올래요?"

청월은 백예린을 가까이 부른 뒤 꼭 끌어안았다.

문득 그녀의 모습이 사랑스러워 견딜 수가 없었다.

분노를 끓게 만들던 상대도, 고난을 안기던 상대도 모두 사라졌다.

그에게 남은 건 오로지 따뜻한 마음을 나눌 그녀뿐이었다.

"갑자기 왜 그래요?"

"이러면 안 되나요? 어차피 백 소저는 제껀데."

청월은 피식 웃으며 그녀의 볼에 입을 맞추었다.

백예린의 볼이 살구처럼 달아올랐다.

두 사람의 감정과 몸짓이 격정적으로 번지려는 찰나 드르륵 문이 열렸다.

"이놈이 힘도 좋구나. 정신을 차리자마자 한다는 짓이."

취걸아가 껄껄 웃으며 안으로 들어왔고 그 뒤를 장무룡과 제갈선이 뒤따랐다.

"소리가 들려서 왔더니 의식을 차렸군."

"임마. 잠도 오래 잤다. 좀 시원하냐?"

장무룡과 제갈선이 인사를 했다.

오랜만에 동료를 보니 청월도 미소를 숨길 수 없었다. 그도 따뜻한 인사로 그들을 맞았다.

"사실 걱정을 많이 했었다. 네 상태가 산 것도, 죽은 것도 아니었으니까 말이야."

"…그랬을 겁니다."

"하여간 다시 만나서 기쁘구나. 그동안 고생한 게 있으니 푹 쉬고. 예린이는 너무 괴롭히지 말 거라. 무슨 뜻인지는 알지?"

취걸아의 말에 두 사람의 얼굴이 동시에 붉어졌고 다른 사람들은 웃기에 바빴다.

"그나저나 한 가지 궁금하게 있다."

잠자코 있던 장무룡이 운을 뗐다.

"어떻게 혼자서 진무홍을 꺾었지? 그건 아무리 봐도 불가능한 일인데."

"그건 나도 궁금하구나."

취걸아가 나서서 물었다.

그와 장무룡 그리고 만천악이 나서도 진무홍을 넘지 못했다.

물론 안술 때문에 제 실력을 발휘하지 못했기는 하지만 말이다.

하나 이를 감안해도 청월의 승리는 기적이라 볼 수 있었다.

"말씀드리면 상당히 복잡합니다만."

청월을 잠시 뜸을 들였다.

설명을 어디에서부터 어디까지 해야 할지 참으로 난감했다.

사령안이나 불사비공에 대한 이야기를 해봤자 믿지 않을 테니까 말이다.

청월은 이야기를 각색해서 전달했다.

그와 상대하기 전 진무홍의 상태가 좋지 않았다는 것.

또한 그를 얕잡아보다 불의에 일격을 당한 것으로 말을 돌렸다.

"……."

청월의 대답에 세 사람 모두 석연치 않은 표정이었다.

그 설명만으로는 부족한 무언가를 느꼈던 탓이다. 오랜 침묵이 이어지는데 제갈선이 운을 뗐다.

"혹시 너 불사비공을 쓴 거 아니야?"

"불사비공?"

"중원에 그런 요상 망측한 무공도 있더냐?"

취걸아와 장무룡이 어깨를 으쓱하는 가운데 제갈선이 계속 말을 했다.

"제가 진법으로 마령교와 싸우기 전이었습니다. 청월이가 불사비공이라면서 몸에 무언가를 걸어줬는데. 덕분에 죽을 고비를 여러 번 넘겼거든요."

"그거라면 저도 들은 적 있어요."

백예린이 껴들었다.

"분명 불사비공을 익혔으니까 죽지 않고 돌아올 거라고.

그렇게 말했잖아요."

그녀의 말에 모두의 시선이 청월에게 집중됐다. 하나 그 전말을 아는 청월은 무엇이라 할 말이 없었다.

"하하. 이거 일이 커져 버렸네요."

청월은 멋쩍은 표정으로 머리를 긁적였다.

동굴에서 발견했던 불사비공.

그것은 비급이라고 볼 수도 있고, 비급이 아니라고도 볼 수 있는 존재였다.

첩지에 적혔던 것은 짧은 문장이었는데 그 뜻은 다음과 같았다.

사람은 죽지만 또한 죽지 않을 수도 있다.

삶의 치열했던 순간은 반드시 누군가의 가슴속에서는 남는 법이니.

그대의 삶이 남긴 열기만큼 사람들은 그대를 기억하고 추모할 지어다.

그대는 죽으나 그대를 기억하는 사람은 죽지 않고 유구하게 이어지니 그 정신이야말로 불사지존이 되리라.

청월은 불사비공의 참 의미를 깨닫고 진무홍과 싸웠을 뿐이다.

다만 그 현격한 무위를 매우기 위해 꾀를 썼다는 점이 특이

할 따름이다.

'어찌 보면 운이 좋았지.'

청월은 당시를 떠올리며 피식 웃었다.

그가 진무홍에게 사용한 전술은 허세였다.

불사비공이라는 것이 실존한 것처럼 믿게 만들어 정신을 흐트려 놓는 것이었다.

진무홍의 장법을 네 번이나 맞고 견뎠던 것.

그것은 노인이 남긴 영약과 선천진기로 인해 가능했다.

또한 거기에 감칠맛 나는 연기까지 어우러져 결국 진무홍을 꺾을 수 있었다.

"청월 공자는 방금 막 깨어났습니다."

조용히 있던 백예린이 운을 뗐다.

"피곤할 테니까 지금은 좀 쉬게 해주세요."

"참 나. 벌써부터 낭군을 챙기겠다는 거냐?"

"눈꼴 시려서 더는 못 있겠네."

취걸아와 제갈선이 피식 웃으며 말했다.

그들은 진정한 대답을 듣지 못하고 쫓기듯 물러갔다.

"나 잘했죠?"

"네."

청월은 그렇게 말하며 백예린을 끌어안았다.

못 견디게 사랑스러운 사람이 있다는 말.

아마 그건 누군가가 백예린을 두고 한 말이리라.

두 사람은 몸을 포갠 채 뜨겁게 입을 맞추었다.

문득 불어보는 바람이 천을 흔들었고 기다렸다는 듯 뜨거운 햇살이 방 안으로 돌진했다.

여름이 다가오고 있었다.

『불사지존』 완결